Deseo™

La cautiva del millonario

Maureen Child

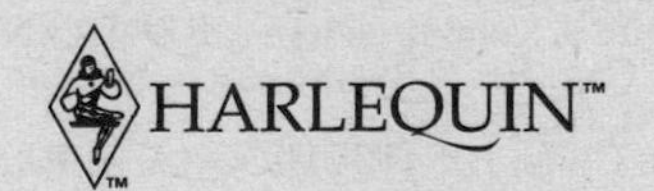

Editado por HARLEQUIN IBÉRICA, S.A.
Núñez de Balboa, 56
28001 Madrid

LA CAUTIVA DEL MILLONARIO, N.º 1609 - 3.9.08
Título original: Captured by the Billionaire
Publicada originalmente por Silhouette® Books

I.S.B.N.: 978-84-671-6364-3
Depósito legal: B-32761-2008
Editor responsable: Luis Pugni
Preimpresión y fotomecánica: M.T. Color & Diseño, S.L.
C/. Colquide, 6 portal 2 - 3º H. 28230 Las Rozas (Madrid)
Impresión y encuadernación: LITOGRAFÍA ROSÉS, S.A.
C/. Energía, 11. 08850 Gavá (Barcelona)
Fecha impresion para Argentina: 2.3.09
Distribuidor exclusivo para España: LOGISTA
Distribuidor para México: CODIPLYRSA
Distribuidores para Argentina: interior, BERTRAN, S.A.C. Vélez Sársfield, 1950. Cap. Fed./ Buenos Aires y Gran Buenos Aires, VACCARO SÁNCHEZ y Cía, S.A.
Distribuidor para Chile: DISTRIBUIDORA ALFA, S.A.

Capítulo Uno

–Ay, Dios mío, estoy encerrada –Debbie Harris sacudió los barrotes de la celda con las dos manos, impotente; el chasquido del metal hizo eco a su alrededor–. Soy una delincuente. Voy a tener antecedentes penales.

«Muy bien, Deb», se dijo a sí misma. «Tranquila. Todo esto es un error y se arreglará enseguida. No estás en prisión, mujer».

De hecho, la celda parecía más una habitación de hotel que una cárcel. Las paredes estaban recién pintadas de blanco y el catre, cubierto por una bonita colcha de cuadros rojos y blancos. Además de una mesa y una silla, detrás de un biombo estaban el inodoro y el lavabo. La celda contigua estaba vacía y, tras una puerta cerrada, estaba la oficina del comisario.

Debbie fulminó la puerta con la mirada porque no podía fulminar a nadie. El hombre que la había encerrado allí se había mostrado amable, pero no parecía interesado en escuchar lo que tenía que decir. Sencillamente cerró la puerta y la dejó sola, preguntándose qué demonios había pasado para que terminase allí.

Al otro lado de la ventana, también con barrotes, el cielo tropical era de un azul brillante y los rayos del sol caían haciendo dibujos dorados sobre el suelo de cemento.

Debbie apoyó la cabeza en los barrotes y cerró los ojos, intentando recordar cómo había terminado en esa celda.

Después de casi cuatro semanas en el fabuloso hotel Fantasías, había hecho las maletas para dirigirse al diminuto aeropuerto de la isla. Volvía a casa, a su vida en Long Beach, California. Donde, al parecer, debería haberse quedado.

Estaba en la fila de aduanas junto con otros clientes que dejaban el hotel esa mañana. Incluso en una isla privada, y diminuta, tenían que revisar las maletas y sus propietarios habían de pasar por el detector de metales.

Pero cuando le llegó el turno con el agente de aduanas todo empezó a ir mal. Debbie había visto que, mientras comprobaba su pasaporte, sus sonrientes ojos castaños se oscurecían. El hombre la miró, comprobó el nombre de nuevo y arrugó el ceño.

Interesante que, a pesar de saber que ella no había hecho nada malo, inmediatamente se sintiera como una delincuente. Y cuando el agente le hizo una seña a un hombre uniformado para que la apartase de la fila, Debbie empezó a tener miedo de verdad.

–¿Qué pasa? –preguntó, mirando al guardia de seguridad que la había tomado del brazo–. ¿Hay algún problema? ¿Puede decirme qué ocurre?

Él no contestó hasta que se hubieron apartado de los demás. Y ahora todo el mundo debía de pensar que era una terrorista o algo parecido.

–¿Es usted Deborah Harris?

–Sí –Debbie intentaba no mirar a nadie, pero sentía las miradas de todos clavadas en su espalda. Levantando la barbilla, cuadró los hombros y miró directamente al hombre que la cuestionaba, intentando defender su dignidad.

Tarea nada fácil cuando una estaba muerta de miedo.

Le gustaría ponerse a gritar: «¡Soy inocente!», pero tenía la impresión de que nadie iba a creerla.

–Parece que hay un problema con su pasaporte –le dijo el guardia de seguridad.

–¿Qué? ¿Un problema? ¿Qué problema? Estaba bien cuando llegué aquí...

–Sólo puedo contarle lo que me han dicho los de aduanas.

–Eso es ridículo –Debbie intentó quitarle el pasaporte, pero él lo apartó. Muy bien, aquello estaba pasando de susto a pánico–. Mire, no sé qué pasa, pero yo no he hecho nada malo y tengo que tomar un avión.

–Me temo que hoy no va a ser posible –dijo el hombre–. Si no le importa venir conmigo...

No era una invitación.

Era una orden.

Debbie deseó haberse ido del hotel Fantasías una semana antes, con sus amigas Janine y Caitlyn. Si sus amigas estuvieran con ella no tendría tanto miedo. Janine habría hecho alguna de sus bromas y Caitlyn estaría sonriendo coquetamente al de aduanas. Entre las tres, habrían solucionado aquello en un santiamén.

Pero sus amigas estaban en casa haciendo planes de boda. Las tres habían estado prometidas y habían sido plantadas durante el año anterior, de modo que habían decidido sacar el dinero que habían estado ahorrando para la boda que no había tenido lugar y gastárselo en un capricho. Y lo habían pasado de maravilla hasta que el trío había empezado a separarse por la llegada del amor a las vidas de Janine y Caitlyn.

Caitlyn había terminado prometida con el jefe del que intentaba huir en la isla y Janine... Debbie suspiró. Había hablado con Janine el día anterior y, por lo visto, su amante británico la había seguido hasta Long Beach para pedir su mano.

Janine estaba a punto de mudarse a Londres, Caitlyn organizando la boda con la que su madre había soñado siempre y, aparentemente, ella iba a ir a la cárcel.

Estupendo. Sus amigas habían encontrado el amor y a ella iban a hacerle fotos de frente y de perfil.

La vida era injusta.

–Tiene que ser un error –dijo, clavando los tacones en el suelo cuando el hombre, con su brillante uniforme blanco, intentó llevarla a la puerta de la terminal–. Si no le importa volver a comprobarlo...

–No hay ningún error, señorita Harris.

Era un hombre alto, con la piel de color chocolate con leche y unos ojos castaños que la miraban como si fuera un insecto interesante.

–Tiene que venir conmigo.

–Pero mis maletas... –Debbie miró por encima de su hombro.

–Las sacarán del avión, no se preocupe –el hombre siguió caminando, sin soltar su brazo por si intentaba huir.

–Soy una ciudadana norteamericana –le recordó ella, esperando que esa información sirviera de algo.

–Sí –asintió el guardia de seguridad, ayudándola a subir a un jeep–. Lo sé.

Debbie consideró la idea de saltar del jeep cuando estuviera en marcha. Pero, ¿adónde podía ir? Estaban en una isla. La única forma de salir de allí era en barco o en avión.

–¿Se puede saber qué he hecho? ¿Puede decirme eso al menos?

El hombre negó con la cabeza.

–Tengo que informar a mis superiores. Ellos decidirán lo que se debe hacer.

–¿Quiénes son ellos?

Sin molestarse en contestar, el guardia de seguridad había tomado la carretera que llevaba a la playa donde estaba situado el hotel Fantasías. El viento en la cara hacía que le llorasen los ojos, pero Debbie sabía que estaba a punto de llorar de verdad. Tenía las manos sudorosas y le dolía el estómago.

Estaba sola.

Y no tenía ni idea de lo que iba a pasar.

Suspirando, volvió al presente, mirando alrededor y luchando contra el miedo que empezaba a apoderarse de ella. Habían pasado dos horas desde que la habían encerrado en la celda y desde entonces no había visto a nadie. Ni le habían dejado llamar a nadie.

¿Qué leyes se aplicaban en aquella isla privada? ¿Tenía algún derecho? Nadie le hablaba, a nadie parecía importarle que estuviese encerrada allí.

–Podría morirme aquí –murmuró, mirando la celda como si fuera una mazmorra con grilletes colgando de paredes cubiertas de moho–. Nadie lo sabría. Nadie se preguntaría qué me ha pasado y...

Se detuvo abruptamente, intentando controlar su imaginación.

–Por el amor de Dios, Deb. No te vuelvas loca. Janine y Cait te echarán de menos. No estás en el fin del mundo y no eres la prisionera de Zenda. Esto es un error y pronto te dejarán salir.

Parecía muy segura de sí misma.

Ojalá lo estuviera.

Entonces le llegaron voces desde la oficina. Hablaban en voz baja, pero al menos ya no se sentía como la única superviviente en todo el planeta.

–¿Hola? ¿Hola? –Debbie agarró los barrotes y los sacudió violentamente–. ¿Quién está ahí? ¡Necesito hablar con alguien!

La puerta se abrió entonces y ella respiró profundamente. Iba a ser firme. Insistiría en hablar con el propietario de la isla para que la dejase ir. Estaba harta de gimotear. A partir de aquel momento, estaba lista para la batalla. Llevaba años cuidando de sí misma y no era el momento de rendirse.

Debbie se preparó para lo que hiciera falta. Al menos, pensó que estaba preparada. Pero, ¿cómo iba a estarlo para ver al hombre que cruzó el umbral de la puerta, mirándola con sus fríos ojos verdes?

Llevaba un pantalón negro y una camisa blanca. El pelo castaño claro con reflejos rubios del sol le llegaba casi hasta los hombros y, cuando sonrió, Debbie sintió una oleada de calor que no había experimentado en casi diez años.

–¿Gabe? –susurró, sin creer lo que veían sus ojos–. ¿Gabriel Vaughn?

–Hola, Deb –dijo él, su voz tan masculina como la recordaba–. Hacía mucho que no nos veíamos.

Ella parpadeó, recordando imágenes del pasado que había compartido con Gabe. No podía evitarlo. Tenerlo delante era suficiente para borrar los diez años que habían pasado y recordarle la última noche que habían pasado juntos.

La noche que le pidió que se casara con él.

La noche que ella había dicho que no.

Ahora, sus pasos sobre el suelo de cemento sonaban como truenos. Cuando se acercó a la celda, la luz del sol que entraba por la ventana dejó su rostro en sombra.

–Parece que te has metido en un buen lío, Deb.

–Desde luego que sí –admitió ella–. Pero esto es un error. Yo no he hecho nada malo...

–¿No?

–Pues claro que no –contestó Debbie. No le gustaba nada el tono de Gabe, como si estuviera preguntándose en qué clase de delincuente se había convertido–. Por lo visto hay un problema con mi pasaporte, pero no han querido decirme cuál es y me han traído aquí para que hable con el propietario de la isla. Pero no ha venido y llevo aquí dos horas y...

Él apoyó un brazo en los barrotes y la miró con un brillo burlón en los ojos.

–¿Qué haces aquí, Gabe? –preguntó Debbie, que empezaba a albergar ciertas sospechas.

–¿Aquí en la isla o aquí en la celda?

–Aquí –repitió ella–. ¿Qué haces aquí?

–Cuando hay un problema me llaman para que lo solucione –contestó Gabe.

–Ah.

Parecía tan tranquilo. Pero claro que estaba tranquilo, no era él quien estaba dentro de una celda.

–¿Eres el jefe de policía o algo así?

–O algo así –sonrió Gabe–. En realidad, no hay un cuerpo de policía en la isla. Sólo un equipo de seguridad. Si damos con un delincuente lo retenemos hasta que podemos enviarlo por ferry a Bermudas. Pero las cuestiones sin importancia las solucionamos nosotros mismos.

–¿Y yo qué soy? –preguntó Debbie–. ¿Una cuestión sin importancia o una candidata al viaje en ferry?

–Eso es algo que tendremos que averiguar, ¿no?

–Gabe –dijo Debbie entonces–. Tú me conoces. Tú sabes que no soy una delincuente.

–Hace diez años podría haber dicho que te conocía. Al menos, creía conocerte…

No terminó la frase y Debbie supo que estaba recordando su última noche juntos, diez años antes. Cuando ella lo había rechazado a pesar de amarlo locamente. Lo había dejado cuando su cuerpo le pedía a gritos que estuviera con Gabe.

–Oye...

–Pero ahora –siguió él–, ¿quién lo sabe? Ha pasado mucho tiempo, Debbie. La gente cambia. A lo mejor te has convertido en una ladrona de guante blanco.

–De eso nada.

Gabe se encogió de hombros.

–O te dedicas al contrabando.

–¿Pero qué estás diciendo...?

–Mira, lo importante es que no vas a ir ningún sitio hasta que el propietario de la isla diga que podemos soltarte. Él es quien hace las leyes por aquí.

Debbie apretó los barrotes. No iba a recibir ayuda de su ex novio, evidentemente. Podía ver en sus ojos que no estaba contento de volver a verla. Pues muy bien. Se las arreglaría sola. Lo único que necesitaba eran cinco minutos con el misterioso dueño de la isla y podría convencerlo para que la dejase ir. Pero la ayudaría mucho que Gabe le diera información sobre la persona con la que iba a enfrentarse.

–Así que no hay cuerpo de policía en la isla, ni jueces... sólo un hombre rico que es el dueño de este pequeño universo, ¿no?

–Así es.

–¿Como un señor medieval?

–Eso es lo que él cree.

Gabe sonrió y Debbie se tranquilizó un poco. Gabe era una buena persona. Aunque las cosas entre ellos hubieran terminado mal, estaba segura de que no la dejaría en la estacada.

Aunque seguía en la celda.

–Fabuloso –murmuró, angustiada–. ¿Es una persona razonable?

–Depende de lo que tú le digas.

–Por lo menos dime cómo es. Tengo que saber qué puedo esperar.

Él sonrió y sus ojos verdes se oscurecieron hasta parecer del color de un bosque sombrío.

–Creo que tendrás que permanecer en Fantasías durante un tiempo, Deb.

–¿Qué? No puedo quedarme aquí. Tengo una vida, un trabajo. Responsabilidades.

–Y todo eso tendrá que esperar hasta que se te permita irte de aquí.

Debbie soltó un bufido.

–¿Hasta que se me permita irme de aquí? ¿Qué dices? ¿Crees que el propietario de la isla puede retenerme?

Gabe se encogió de hombros, como si no le importase.

–Eres tú quien está en la celda. ¿Tú qué crees?

–¡No puede retenerme aquí! No puede secuestrar a la gente y…

–No te ha secuestrado –le recordó él–. Tú acompañaste al guardia de seguridad por decisión propia.

–¡Porque él no me soltaba querrás decir! Y, de todas formas, ahora quiero marcharme.

Gabe sonrió, pero en sus ojos seguía habiendo sombras.

–Oye, Deb, fuiste tú quien me enseñó que uno no siempre consigue lo que quiere.

–Esto no tiene nada que ver con nosotros –protestó Debbie, airada–. Pero veo que sigues enfadado conmigo por lo que pasó. Y si quieres que te diga que lo siento, muy bien, lo siento. Yo no quería hacerte daño...

Él soltó una carcajada.

–Eres asombrosa, Deb. ¿De verdad crees que he seguido pensando en ti durante estos diez años?

–No, pero...

–Hasta que apareciste por aquí no había vuelto a pensar en ti.

Vaya. Eso no había sido muy agradable. A Debbie no le gustó saber que no había vuelto a pensar en ella, pero, ¿qué podía esperar? Había pasado mucho tiempo. Que ella hubiera pasado muchas noches preguntándose qué sería de Gabe o si habría cometido un error dejándolo... no significaba que él sintiera lo mismo.

Después de todo, había sido ella quien lo dejó.

¿Por qué querría Gabe recordar que le había roto el corazón?

–Pero tienes razón sobre una cosa –siguió él–. Esto no tiene nada que ver con nosotros.

–Muy bien –Debbie soltó los barrotes y se metió las manos en los bolsillos del pantalón–. Entonces, ¿por qué te ha enviado el propietario de la isla? ¿Por qué no ha venido él mismo?

–¿Por qué crees que no está aquí?

Debbie miró hacia la puerta.

–¿Está ahí fuera? Entonces…

–Yo no he dicho eso.

Ella volvió a mirarlo y sintió como si hubiera una docena de bolas de acero rodando por su estómago. Empezaba a entender lo que estaba pasando y notó que los ojos de Gabe se hacían más fríos, más oscuros.

–¿Quieres decir…?

Él dio un paso hacia la celda, mirándola de arriba abajo.

–Quiero decir que yo soy el propietario de esta isla y todo lo que hay en ella, cariño. Incluyéndote, en este momento, a ti.

Capítulo Dos

Debbie abrió los ojos como platos. Y a Gabe no le avergonzaba admitir que disfrutaba viéndola en aquella situación. Casi podía leer sus pensamientos mientras su expresión pasaba del asombro a la sorpresa y luego a la furia en un pestañeo.

Claro que, siendo Debbie Harris, no tardó mucho en explotar.

–¿Tú estás loco?

–¿Tú crees que le puedes hablar así a tu carcelero?

Debbie dio un paso atrás y lo miró como si no lo hubiera visto antes.

–No puedes decirlo en serio. No puedes retenerme aquí.

Pero así era.

Gabe no había visto a Debbie en diez años y no mentía al decirle que no había pensado en ella en todo ese tiempo. Al menos, no hasta que había aparecido en la isla con sus amigas.

Y, desde que la vio, no había podido dejar de pensar. Eso lo sacaba de quicio, pero así era. Él no era un hombre que se dejase llevar por sus hormonas y le avergonzaba admitir cuánto la deseaba. Después de todo, tenía una vida. Un plan. Un plan que no tenía nada que ver con Debbie. Y, sin embargo…

–Claro que puedo.

Seguía siendo un lujo para la vista. La chica guapa que había conocido diez años antes se había convertido en una mujer preciosa. Sus curvas habían aumentado, su largo pelo rubio caía en suaves ondas hasta la mitad de su espalda y su bronceada piel era una tentación.

Recordaba su piel, su sabor, y algo parecido al hambre lo sacudió entonces. Debía admitir que retenerla allí seguramente había sido un error. Debería haberse librado de ella. Estaba en el aeropuerto, a punto de marcharse, alejándose de su vida para siempre, pero… no había podido evitarlo.

Aún no sabía por qué.

–¿A qué estás jugando, Gabe? –le espetó ella, furiosa.

–No estoy jugando a nada.

–El hombre del aeropuerto me dijo que había un problema con mi pasaporte, pero los dos sabemos que es mentira.

–No es mentira. Normalmente es un truco. Algo que los de seguridad le dicen a un sospechoso para tranquilizarlo.

–¿Un sospechoso? –repitió Debbie–. ¿Cómo que normalmente?

Gabe empezó a pasear, como si estuviera comprobando el estado de las celdas.

–Parece que hay un ladrón de joyas trabajando en los hoteles de esta zona.

–¿Y qué tiene eso que ver conmigo?

–Este ladrón en particular es una mujer que mide metro sesenta, pelo rubio, ojos azules…

–No puedes creer que yo soy una ladrona de joyas.

No, no lo creía. Pero cuando el aviso de las autoridades británicas llegó a su despacho lo había tomado como un regalo. Una estupidez. No podía retenerla allí. Especialmente ahora.

Pero tampoco había querido que se fuera.

–Es tu descripción.

–¡Y la de mucha gente!

–Sí –sonrió Gabe–. Pero tú estás aquí. En la isla. Y se nos ha pedido que busquemos y retengamos a una mujer que responde a esa descripción.

–¿Retener? –repitió ella–. ¿Aquí, en la celda?

–Si eres inocente…

–¿Si soy inocente?

–Si eres inocente –siguió Gabe–, estoy seguro de que esto se aclarará en un par de días.

–¿Días?

–¿Hay eco aquí? –sonrió él–. Te quedarás como invitada del hotel Fantasías hasta que las autoridades hayan sido notificadas y se hayan dado los pasos necesarios.

–¿Qué pasos son ésos?

Gabe se encogió de hombros.

–Tendremos que investigarte.

–Lo dirás de broma. No puedes creer que yo... –Debbie volvió a agarrarse a los barrotes–. Tú sabes que yo no soy una ladrona.

–No, no lo sé –contestó Gabe, pensando que discutir con ella siempre había sido muy divertido–. Podrías ser la ladrona de joyas que están buscando las autoridades británicas.

–¿Británicas?

–Aparentemente, era buscada en Inglaterra antes de que empezase a trabajar en los hoteles de las islas.

–Yo nunca he estado en Inglaterra.

–¿Y se supone que debo aceptar tu palabra?

–¿Por qué no ibas a hacerlo?

–No puedo dejar que una posible delincuente escape de la isla.

–Por el amor de...

–Así que –siguió Gabe–, hasta que todo esto se haya aclarado, te quedarás en el Fantasías.

–No puedes retenerme aquí.

–Te equivocas –dijo él, apoyando un hombro en los barrotes mientras Debbie paseaba por la celda; los tacones de sus sandalias repiqueteaban sobre el suelo de cemento.

–Yo no soy culpable de nada y no puedes retenerme aquí contra mi voluntad.

–Puedo hacer lo que quiera, Deb. Ésta es mi isla y yo hago las reglas.

–Hay leyes contra el secuestro.

–Nadie te ha secuestrado –rió él.

Debbie apretó los dientes, pero intentó reunir paciencia.

–No puedes retener a una persona en una celda sólo porque te apetece.

–Evidentemente, puedo hacerlo.

Suspirando, ella se apartó el pelo de la cara.

–¿Se puede saber qué está pasando aquí, Gabe? Los dos sabemos que yo no soy esa ladrona de joyas, ¿por qué me haces esto?

Había demasiadas razones, pensó él, arrugando el ceño. Y no le debía más explicación que la que le había dado. Tenía derecho a retenerla en la isla hasta que las autoridades le notificasen que debía dejarla ir. Pero si la retenía allí las cosas podrían ponerse difíciles.

–Podemos hablar de esto más tarde.

–No puedo esperar, tengo que tomar un avión.

–No, me temo que no. Tu avión ha despegado ya.

Debbie lo miró fijamente y Gabe casi se sintió culpable. Casi. Luego recordó esa noche, diez años antes, cuando ella se alejó sin mirar atrás. Y ese recuerdo fue suficiente para endurecerlo contra el brillo de sus lágrimas.

Sólo esperaba que fuera suficiente para controlar el deseo que empezaba a sentir por ella.

–Mira, tienes dos opciones: puedes pasar el tiempo que debas estar en la isla aquí, en esta celda...

Debbie miró alrededor y Gabe supo lo que estaba pensando. A pesar de que la celda era muy agradable, había barrotes en las ventanas. Y estar encerrado no era precisamente agradable.

Y por eso sabía que elegiría la opción número dos.

–O –siguió– puedes volver al hotel conmigo.

–Contigo.

–Como propietario de la isla, puedo tenerte bajo mi custodia.

–Custodia.

Gabe sonrió.

–Sí, parece que hay eco.

–Qué gracioso –Debbie lo miró, atónita–. ¿Y qué significa exactamente estar bajo tu custodia?

–Significa que te alojarías en mi suite, donde yo pueda vigilarte hasta que el asunto esté resuelto.

–¿Por qué no puedo alojarme en la habitación en la que me alojaba antes?

Porque quería tenerla cerca, maldita fuera.

–¿Una delincuente buscada por la policía? –replicó él, levantando una ceja–. No, no lo creo.

–Los dos sabemos que yo no soy una delincuente.

–Lo único que yo sé es que tú estás en una celda. Depende de ti, Deb. O pasas un par de noches en la celda o vienes conmigo.

Debbie miró el catre y luego lo miró a él.

–Lo estás pasando bomba, ¿verdad?

–¿No debería? –sonrió Gabe.

Ella lo miró en silencio durante un minuto. No podía creer lo que estaba pasando, era irreal. ¿Gabriel Vaughn era el propietario del Fantasías? ¿El propietario de una isla privada?

Diez años antes tenía grandes planes y poco más. Debbie lo amaba locamente entonces, a pesar de su miedo a un futuro que no parecía muy seguro. Pero Gabe había triunfado como esperaba.

Y ella estaba literalmente a merced de un hombre que parecía furioso y amargado por lo que había pasado diez años antes.

Aquello no tenía buena pinta.

Debbie intentó ordenar sus pensamientos. Debería estar en un avión con destino a California, tomando una bebida tropical servida por una amable azafata. En lugar de eso estaba en una celda, frente al hombre al que una vez creyó que amaría para siempre.

Pero la verdad era que no veía nada del Gabe al que había conocido en el hombre que tenía delante. Aquel hombre era frío. Incluso su sonrisa era como el hielo.

Temblando, se apartó de los barrotes y empezó a caminar hacia atrás hasta que sus piernas rozaron el catre.

–Creo que me quedaré aquí.

–¿Prefieres una celda a la suite de un hotel de lujo?

–Sí.

–Muy bien –murmuró Gabe, dirigiéndose a la puerta–. Si cambias de opinión, dile a alguno de los hombres que me llame.

–No cambiaré de opinión.

Él se volvió, muy serio.

–Dijiste eso una vez, hace mucho tiempo. Pero cambiaste de opinión de todas formas. Y creo que ahora pasará lo mismo.

Luego salió, cerrando la puerta tras él.

Y Debbie se quedó sola.

En medio de la noche, Debbie deseó estar sola.

Sentada en el catre, lanzó una mirada furiosa sobre el hombre que ocupaba la celda contigua. Lo habían llevado allí una hora antes y no había callado desde entonces.

–*¡We will, we will rock you!*

No paraba de cantar canciones de los ochenta y, si no recordaba la letra, se la inventaba.

A Debbie le dolía la cabeza y estaba segura de que no podría pegar ojo con aquel borracho voceando toda la noche.

–Oye, bonita. ¿Quieres que te cante alguna canción en especial? –agarrándose a los barrotes que separaban ambas celdas, el hombre se dirigió a ella.

–¿Qué tal si te callas un rato?

–Ésa no la conozco. ¿Qué tal *My way*…?

–Oh, no –Debbie se tapó la cara con las manos cuando el borracho siguió con su serenata. No podía soportarlo. Incluso enfrentarse a los ojos helados de Gabe sería mejor que estar allí.

Además, los guardias de seguridad podrían llevar a otro borracho más tarde y, con ambas celdas ocupadas, a saber quién sería su compañero de celda por la mañana.

Una vez tomada la decisión, Debbie se levantó del catre.

–¡Oiga, guardia!

Jamás se había imaginado a sí misma en una situación así. Era como si estuviera viviendo una película de terror. Lo único que le faltaba era una taza de estaño con la que golpear los barrotes. Estaba asustada, cansada y confusa y lo único que quería era volver a su casa. Pero como no podía hacerlo, de momento, el hotel sería preferible a aquella jaula.

Cuando el guardia de seguridad abrió la puerta, podría haberse puesto a llorar de gratitud.

–¿Quiere llamar a Gabe, por favor? Quiero decir, al señor Vaughn.

–¿Qué quiere decirle? –preguntó el hombre, levantando la voz para hacerse oír por encima del *Every breath you take* que su compañero de cárcel estaba asesinando en ese momento.

–Dígale que... he cambiado de opinión –contestó.

Debbie entró en la suite del hotel, pero apenas se fijó en lo suntuoso de la decoración porque Gabe no llevaba más que un pantalón de pijama de seda negra.

Su ancho torso estaba bronceado y esculpido, como si fuera de bronce. Su largo pelo rubio oscuro, despeinado. Sólo había una lámpara encendida y las cortinas estaban abiertas, dejando que entrase la luz de la luna en la habitación.

–Gracias por acompañarla, Emil –Gabe estrechó la mano del guardia de seguridad antes de cerrar la puerta.

Debbie estaba en medio del salón, sin apartar la mirada de él ni un instante. Veía cierta irritación en los ojos verdes de Gabe, pero también alivio.

–Muy bien, tenías razón –dijo por fin–. He cambiado de opinión.

Él se apoyó en la puerta, cruzándose de brazos.

–Estoy cansado, ha sido un día muy largo. Hablaremos por la mañana.

–De acuerdo –asintió Debbie, mirando alrededor por primera vez–. Dime dónde tengo que dormir y te dejaré en paz.

–Mi habitación es ésa –contestó él, señalando una puerta.

–¿Y dónde está la mía?

–Conmigo –sonrió Gabe.

–Espera un momento –dijo Debbie entonces–. Yo no voy a dormir contigo…

–Ha sido un día muy largo y estoy cansado, ya te lo he dicho. No pienso ponerme a discutir.

–Muy bien. Dormiré en el sofá.

–No tengo sofá –replicó Gabe mientras atravesaba la habitación; la luz de la luna tocaba su piel como si fuera la caricia de una amante.

–No tienes… –Debbie volvió a mirar alrededor. Sillones, había un montón de sillones por la habitación, pero ningún sofá–. ¿Qué clase de persona no tiene un sofá?

–Yo. Venga, vamos.

–No pienso compartir la cama contigo, Gabe.

–Para dormir, Deb –dijo él, abriendo la puerta–. Estoy demasiado cansado como para perseguirte por la isla si decides escapar.

–No voy a escaparme.

–Desde luego que no. Venga, entra.

Ella tragó saliva. Compartir cama con Gabe no era parte del trato. Pero no sabía cómo salir de aquella situación y también estaba cansada. Después de todo, había estado sentada en un catre durante las últimas horas.

–No hagas un movimiento en falso –le advirtió.

–No exageres, no eres tan tentadora.

–Ah, muchas gracias.

–Bueno, ya está bien de charla. Hablaremos por la mañana.

Cuando entró en el dormitorio Debbie tuvo que contenerse para disimular un suspiro al ver la enorme habitación con una terraza frente al mar. Una gran chimenea ocupaba una de las paredes y la otra estaba cubierta de estanterías llenas de libros. Un pasillo daba, seguramente, al cuarto de baño y la luz de la luna entraba por la terraza. La luz caía sobre una cama del tamaño de un campo de fútbol.

Pero cuando Gabe se bajó el pantalón del pijama y quedó completamente desnudo tuvo que tragar saliva, atónita.

–¿Se puede saber qué haces? –preguntó, apartando la mirada. Aunque le había dado tiempo a comprobar que seguía siendo... en fin, muy masculino, desde luego.

–Me has visto desnudo antes.

–Sí, pero ¿tienes que estar desnudo ahora?

Riendo, él se metió entre las sábanas.

–Como te he dicho ya varias veces, estoy cansado. Venga, métete en la cama e intenta dormir un poco.

–No puedo dormir contigo si estás desnudo.

–Y yo no puedo dormir vestido. ¿A ver si adivinas quién me preocupa más?

Debbie rodeó la cama para colocarse al otro lado. Después de quitarse las sandalias pensó que lo mejor sería dormir vestida, pero decidió que era una tontería. Gabe no estaba interesado en ella y, si se le ocurría mover una mano, lo pararía en seco.

De modo que se quitó los pantalones y se metió en la cama.

–¿Qué haces? –preguntó Gabe–. ¿Vas a dormir con la camiseta y el sujetador?

–Estoy muy cómoda –mintió ella, apoyando la cabeza en la almohada de plumas.

–Vale, lo que tú digas. Pero no intentes salir de la habitación, Deb. Tengo el sueño poco profundo.

–Me acuerdo –murmuró Debbie.

No sabía si la había oído o no. Y, un momento después, le daba igual. Porque, agotada, cayó en un sueño profundo.

Capítulo Tres

Debbie, en sueños, suspiró mientras se daba la vuelta hacia el cuerpo calentito que tenía al lado. Con la cabeza apoyada en la curva de su hombro, mantuvo los ojos cerrados a pesar de la luz que entraba en la habitación.

Era por la mañana y no estaba lista para levantarse e ir a trabajar. Seguía en ese estado entre el sueño y la vigilia, pero estaba tan bien que no quería pensar en levantarse todavía. Preferiría...

–¿Estás cómoda?

Conocía esa voz.

Debbie abrió los ojos y se apartó de un salto al ver que estaba sobre el cuerpo desnudo de Gabe. Él la miraba con un brillo de burla en los ojos, pero en ellos vio algo más: deseo. Lo reconocía porque ese mismo deseo estaba ardiendo dentro de ella.

–¿Qué estabas haciendo? –le preguntó, apartándose el pelo de la cara.

–Dormir. ¿Qué estabas haciendo tú? –sonrió él.

Diez años antes podía hacerla temblar con una sonrisa. ¿Qué tenía aquel hombre que no había encontrado en ningún otro? ¿Y cómo iba a dormir con él sin *dormir* con él?

Menudo lío.

–Nada –contestó ella–. No estaba haciendo nada –Debbie se levantó de la cama y, a toda prisa, se puso los pantalones que había dejado en el suelo por la noche. No respiró con comodidad hasta que hubo abrochado la cremallera.

Prácticamente había estado encima de Gabe. Con la cabeza apoyada sobre su hombro como si aquél fuera su sitio. Pero, en fin, una persona no era responsable de lo que hacía en sueños, ¿no?

Gabe se puso de lado para apoyarse en un brazo y el edredón blanco empezó a deslizarse por su torso...

Debbie cerró los ojos y rezó para que no se moviera. No quería volver a verlo desnudo.

Él sonrió entonces, como si hubiera leído sus pensamientos.

–Si estás interesada en un revolcón mañanero, sólo tienes que decirlo.

–No estoy interesada, pero gracias por tan generosa oferta –replicó ella, esperando parecer burlona y despreocupada–. Eso de antes... no ha significado nada y no tienes por qué parecer tan contento contigo mismo –añadió, apartándose el pelo de la cara–. Estaba dormida. No me daba cuenta de que tú estabas a mi lado y…

–Ah –la interrumpió él, apartando el edredón.

Debbie tragó saliva, pero se negó a cerrar los ojos. No iba a dejar que su desnudez la molestase.

Pero qué atractivo era.

–¿Estás diciendo –siguió Gabe una vez de pie, estirándose perezosamente– que en tus sueños te abrazarías a cualquiera que estuviese a tu lado?

–Sí –Debbie arrugó el ceño, distraída por el reflejo del sol sobre sus hombros desnudos, su abdomen y su duro… «no mires», se dijo a sí misma–. No, no era eso lo que quería decir –se corrigió a sí misma–. Lo estás pasando bomba, ¿verdad?

–¿Hay algo malo en ello?

Debbie, cruzándose de brazos, golpeó el brillante suelo de madera con el pie.

–Sí. Todo esto es absurdo.

–Eras tú la que estaba encima de mí, Deb –le recordó Gabe–. No al revés.

–No estoy hablando de eso –le espetó ella–. ¿Te importaría vestirte?

–¿Te estoy poniendo nerviosa?

Debbie sonrió. Ni por todo el dinero del mundo admitiría que estaba nerviosa. Porque no lo estaba. Aunque sí un poco… en fin, incómoda.

–No. Es que no es fácil, ni apropiado, mantener una conversación con un hombre desnudo.

Gabe levantó una ceja.

–No tenemos por qué mantener una conversación...

–¿No me digas?

Muy bien. Si estaba decidido a no vestirse, se daría la vuelta. No tenía sentido volverse loca intentando no mirar toda esa piel desnuda. Y no tenía marcas, por cierto. ¿Se bañaría completamente desnudo? Oh, no... Debbie tuvo que cerrar los ojos.

–Anoche acepté venir aquí porque no quería quedarme en la celda con ese borracho que no dejaba de cantar.

–¿Y qué?

–Pues... –Debbie miró un cuadro que había en la pared de enfrente: una playa al atardecer, con un cielo azul y olas movidas por el viento. Sí, mucho mejor mirar eso–. ¿Cuánto tiempo tendré que quedarme aquí?

Lo oyó moviéndose por la habitación y esperó que estuviera poniéndose algo de ropa.

–Eso depende –contestó Gabe.

–¿De qué?

–Del tiempo que se tarde en comprobar que tú no eres la persona que buscan.

–Venga ya, eso es absurdo.

Debbie se volvió y, al ver que había vuelto a ponerse el pantalón del pijama, dejó escapar un suspiro.

–No, no lo es –respondió él, saliendo a la terraza.

Debbie lo siguió. Las brillantes baldosas rojas estaban frías bajo sus pies desnudos, pero el sol empezaba a levantarse en un cielo completamente azul. Frente a ella se extendía el océano, con yates y barcos navegando perezosamente. Directamente debajo, a la izquierda, había un campo de golf tan verde que casi le hacía daño a los ojos y, a la derecha, un camino de piedra se abría paso entre setos y flores bien cuidados para llegar a la piscina.

–Este sitio es precioso.

Gabe se volvió para mirarla. Estaba sonriendo, pero la sonrisa desapareció un segundo después.

–Gracias. A mí también me gusta.

–Solías hablar de un sitio como éste, ¿te acuerdas?

–Sí, me acuerdo –murmuró él–. Pero no estoy interesado en los recuerdos.

–Muy bien.

Gabe se dio la vuelta para entrar de nuevo en el dormitorio.

–Llamaré a las autoridades de Bermudas para ver si tienen más información sobre esa ladrona de joyas.

–Tú sabes que no soy yo, ¿verdad?

Él se volvió para mirarla.

–No importa si yo lo sé o no. Lo que importa es lo que tú puedas demostrar.

–¿Y cómo voy a demostrar que soy inocente?

–Buena pregunta. Deberías ponerte a ello ahora mismo.

–¿Y tú no vas a ayudarme?

–He dejado que salieras de la celda, ¿no?

Debbie miró la cama y luego volvió a mirarlo a él.

–Sí, sobre eso... ¿no tienes una habitación de invitados...?

–¿Por qué iba a tener una habitación de invitados en mi suite? Vivo en un hotel, Deb. Todas las habitaciones son habitaciones para invitados.

–Bueno, pues entonces deja que vuelva a la habitación que ocupaba antes.

–No, lo siento –Gabe abrió el primer cajón de una elegante y moderna cómoda para sacar unos calzoncillos–. Mientras estés aquí eres responsabilidad mía. Te quedarás donde pueda vigilarte o volverás a la celda, tú eliges. Ahora mismo, yo voy a darme una ducha y luego me iré a trabajar.

Debbie estaba atónita. No podía creer que estuviera envuelta en una situación que no podía controlar. No le gustaba nada tener que depender de Gabe y mucho menos que él se lo estuviera poniendo tan difícil. Y lo peor de todo era que se sentía a salvo con él. No estaba tan asustada como debería porque Gabe estaba allí.

Aunque demasiado sexy para su gusto.

Pero no tenía otra opción. No estaba dispuesta a volver a la cárcel, de modo que tendría que encontrar la forma de soportar aquello sin dejarse llevar por los sentimientos que Gabe aún podía inspirar en ella.

Sí, seguro.

Ningún problema.

Estaba metida en un buen lío.

–Muy bien –dijo por fin–. Me quedaré.

–Me alegro de que eso esté solucionado. Ah, y llama al servicio de habitaciones. Seguramente ya habrán traído tus maletas.

–¿Y luego qué?

–Date una ducha y cámbiate de ropa.

–¿Y después?

–No lo sé.

Gabe se volvió para entrar en el baño.

–¿Qué se supone que debo hacer para solucionar esta situación?

–Haré algunas llamadas más tarde. A ver si puedo enterarme de algo.

–Muy bien.

Sin decir una palabra más, Gabe entró en el cuarto de baño y cerró la puerta.

Sola de nuevo, Debbie miró alrededor, preguntándose cuánto tiempo iba a ser prisionera en aquel palacio.

–¿Una ladrona de joyas? –gritó Janine por teléfono. Percibir la furia de su amiga hizo que

Debbie se sintiera menos sola–. ¿Ese hombre está loco? Tú no podrías ser una ladrona.

Sonriendo, Debbie se echó hacia atrás en la silla y respiró profundamente por primera vez desde que la detuvieron en el aeropuerto el día anterior. Se alegraba de que otra persona la defendiese por fin.

–Gracias, cariño.

–Todo el mundo sabe que eres demasiado patosa como para robar nada –dijo entonces su amiga–. Nunca te ganarías la vida de ese modo.

–Vaya, gracias.

–Bueno, tendrás que admitir que los ladrones de joyas han de ser muy hábiles. Tú te tropiezas con tus propios pies.

–Muy bien, de acuerdo, no sigas –suspiró Debbie–. El problema es que las autoridades no saben eso. Y yo no sé cómo voy a demostrarles que no soy la ladrona que están buscando.

El restaurante de la playa estaba decorado, como casi todo en la isla, en rojo y blanco. Mesas blancas con claveles rojos, camareros con camisas hawaianas en los mismos tonos... y la gente que había a su alrededor parecía relajada, evidentemente de vacaciones.

Como ella unos días antes.

Hasta que la detuvieron.

–¿Qué ha sido del «inocente hasta que se demuestre lo contrario?»

–Ojalá lo supiera.

Janine dejó escapar un suspiro.

–¿Dices que el propietario del hotel te está ayudando?

–Eso es lo que *él* dice –murmuró Debbie.

Aunque ella opinaba lo contrario. Cuando lo dejó, diez años atrás, había hecho lo que creía que debía hacer para ahorrarse y ahorrarle a Gabe problemas. ¿Deseaba que las cosas hubieran sido diferentes? Por supuesto. Pero eso no cambiaba nada.

–¿Tú crees que no lo está haciendo? –preguntó su amiga.

–No lo sé –Debbie tomó un sorbo de té helado–. La verdad es que no lo sé. Janine... es Gabe.

Transcurrió un segundo, otro...

–¿Gabe? ¿El propietario del hotel es Gabe?

–Sí.

–Oh, mierda.

–Exactamente –Debbie trazó el borde del vaso con el dedo.

–¿Y sigue dolido contigo?

–Él dice que no.

–Sí, bueno, claro. Si te dijera que sigue dolido contigo diez años después, quedaría como un psicópata o un memo.

Mientras Janine hablaba, Debbie no dejaba de darle vueltas a la cabeza. Tanto Janine como Cait conocían su historia con Gabe. Diez años antes lo habían visto un par de veces, aunque entonces preferían estar solos. Pero sus amigas la consolaron después de la ruptura y, si alguna vez había dudado de su decisión, ellas le aseguraban que había hecho bien.

–No puedo creer que Gabe sea el dueño del Fantasías –estaba diciendo Janine–. Pero qué raro… no lo vimos nunca mientras estábamos allí. ¿Estaría escondido? ¿Está terriblemente desfigurado o algo así?

–No, qué va, todo lo contrario.

–Sigue siendo guapísimo, ¿no?

–Sí.

–En fin… eso cambia las cosas, ¿no es verdad?

–Supongo que sí. Pero la cuestión es que no sé qué hacer. ¿Debería contratar a un abogado?

–Le preguntaré a Max. A lo mejor él sabe algo.

–Muy bien. Y hablando de Max, ¿cómo van las cosas entre vosotros?

–De maravilla –contestó Janine–. Me está ayudando con la mudanza… bueno, en realidad ha pagado para que me ayuden a hacerla.

–Es lo mismo, ¿no?

–Sí –suspiró su amiga–. Es maravilloso, Deb. Aunque la boda al final va a ser un circo porque Max conoce a muchísima gente y…

–Me parece genial, cariño –la interrumpió Debbie. Se alegraba mucho de que su amiga fuera tan feliz pero, después de todo, ella tenía un *pequeño* problema–. Sé que es egoísta, pero estábamos hablando de mí…

–Sí, sí, tienes razón, perdona. Hablaré con Max y luego te llamo. A lo mejor Lyon puede hacer algo también.

Su otra amiga, Caitlyn, estaba prometida con su jefe, Jefferson Lyon, que tenía contactos en todas partes.

–Fabuloso. Ahora todo el mundo va a saber que soy una convicta –suspiró Debbie, imaginándose a sí misma con un traje de rayas–. Y a mí no me quedan bien las rayas.

Janine soltó una carcajada.

–No eres una convicta, sólo te pareces a una. Y no te preocupes, Deb. Seguro que esto se soluciona enseguida. Hasta entonces, intenta pasarlo bien. Sigues en el Fantasías después de todo.

–Sí, pero no es lo mismo.

–A lo mejor deberías intentar pasarlo bien con Gabe...

–No, de eso nada.

No quería ni pensarlo.

Debbie colgó poco después y se quedó escuchando el sonido de las olas, el graznido de las gaviotas y las conversaciones a su alrededor. Que lo pasara bien. Sí, seguro.

Ningún problema.

Gabe tenía muchas cosas en las que ocuparse. Incluso con un director de primera línea y un personal especializado, siempre había trabajo que hacer. Pero hacer ese trabajo mientras pensaba en Debbie no era tarea fácil.

Sabía perfectamente que ella no era la ladrona de joyas. La única razón por la que seguía en la isla era que no había terminado con ella. Aún. Y si pensaba que estaba atrapada allí, mucho mejor.

Echándose hacia atrás en la silla, se dio la vuelta para mirar por la ventana. Pero la vista del magnífico campo de golf y la playa no sirvió para animarlo, como de costumbre. Normalmente disfrutaba sabiendo que había hecho realidad aquel sueño imposible.

Había construido un imperio con suerte, talento y fuerza de voluntad y disfrutaba de la vida. Era lo que siempre había querido.

Pero ahora, con Deb en la isla, tenía la oportunidad de devolverle el golpe que ella le había asestado. Diez años antes Deb le había roto el corazón y ahora iba a comprobar qué clase de hombre había creado con su rechazo.

Desde que la vio con sus amigas en la piscina del hotel había estado pensando en ella. Recordando cosas que no se había permitido a sí mismo recordar en diez años. Si había aprendido algo en ese tiempo era que mirar atrás no servía de nada. Lo único que importaba era el presente y el futuro que uno se forjaba para sí mismo.

Aun así...

Una parte de él pedía venganza. El destino le había ofrecido una oportunidad de oro y Gabe no había triunfado ignorando los caprichos del destino. Además, quería que Debbie lamentase haberlo dejado. Y hasta que lo hubiera conseguido no pensaba dejarla ir.

–¿Señor Vaughn?

La voz de su ayudante interrumpió sus pensamientos. Gabe se volvió para mirar a la mujer que estaba en la puerta. De unos cincuenta años, alta, delgada y tan organizada que podría ser un general estupendo. Llevaba cinco años con él y, seguramente, sabía más del negocio que el propio Gabe.

–Dime, Beverly.

–Una señorita quiere verlo. Deborah Harris.

Gabe sonrió. Deb nunca había sido muy paciente.

–Dile que entre.

Casi antes de que hubiera terminado la frase, Debbie pasaba al lado de su secretaria.

–Gracias, Bev. Eso es todo.

La mujer cerró la puerta con gesto agrio. Cuando desapareció, Gabe miró a Debbie y deseó que no le importase su aspecto. Pero le importaba. Llevaba un bonito vestido azul sin mangas que le llegaba por la mitad del muslo y unas sandalias de tacón de al menos seis centímetros. El pelo rubio sujeto con un prendedor de plata en el centro caía casi hasta la mitad de su espalda.

Y su único pensamiento era que le gustaría enterrar las manos en ese pelo, empujar su cabeza hacia él y... quizá retenerla en la isla no había sido tan buena idea después de todo.

–¿Qué ocurre, Deb?

–Necesito saber qué estás haciendo para solucionar esta situación.

–He hecho unas cuantas llamadas –mintió Gabe. No había nadie a quien llamar. Las autoridades no estaban interesadas en ella. Su parecido con la ladrona de joyas no significaba nada para nadie. Gabe era lo único que la retenía en la isla. Y no iba a ir a ninguna parte hasta que él quisiera dejarla ir.

–¿Y?

–Y... por ahora, nada. Las autoridades están comprobando la situación.

Debbie sacudió la cabeza, entristecida.

–No puedo creer que me haya pasado esto.

Gabe no pudo evitar sentirse culpable. Pero decidió pensar en otra cosa.

–No te preocupes, todo se arreglará.

–Eso es fácil de decir.

Más fácil de lo que ella creía.

Debbie se mordió los labios en un gesto nervioso que Gabe reconocía y la culpa lo atenazó de nuevo. Pero no estaba haciéndole daño, se dijo, sólo estaba haciéndoselo pasar mal durante un par de días. Pronto volvería a su vida y él habría conseguido la venganza que buscaba.

Y observándola, tan cerca y tan lejos para él, supo cómo conseguir la venganza que exigía su orgullo herido. Iba a seducirla. Iba a hacer que lo deseara como él la había deseado una vez. Y cuando estuviera loca de amor, dispuesta a suplicarle que volviese con ella... entonces le diría que no con la misma tranquilidad que Debbie se lo había dicho diez años antes.

Y si eso significaba mantenerla cautiva en la isla durante más tiempo del que había pensado, eso era lo que tendría que hacer. Como ya le había dicho... él era el propietario de la isla y de todo en ella. Allí, Gabe hacía las reglas.

–He llamado a mi amiga Janine –estaba diciendo– y me ha dicho que su prometido se va a interesar por el asunto, pero no sé qué podría hacer Max.

–¿Max?

–Max Striver. Es...

–Sé quién es Max –la interrumpió él, preguntándose si su viejo amigo se habría tirado de cabeza a la piscina y habría pedido en matrimonio a la bonita morena con la que había pasado tanto tiempo durante los últimos quince días.

–¿Lo conoces?

–Desde hace años. Y jamás pensé que volvería a casarse. ¿Estás segura de que es el prometido de tu amiga?

–¿Qué? Ah, sí. Aparentemente, siguió a Janine hasta Long Beach y van a casarse en Londres dentro de un mes.

–Asombroso –murmuró Gabe. Aunque había visto cómo la relación que mantenía con la mujer a la que pagaba para que se fingiera su esposa se convertía en una auténtica relación–. Siempre dijo que no volvería a casarse.

–La gente cambia –dijo Debbie.

–Aparentemente.

No debería sorprenderlo. Sabía que el padre de Max quería que se casara para tener nietos que heredasen el negocio familiar.

–¿Tú nunca te has casado? –preguntó ella entonces.

–No –la pregunta lo incomodó, pero se obligó a sí mismo a disimular. No había vuelto a pensar en el matrimonio hasta unos días antes. Pero no estaban hablando de eso.

–Gabe...

–Olvídalo –dijo él. No quería que le explicase por qué había rechazado su oferta de matrimonio diez años antes. Eso se había terminado y ahora su vida era diferente. Muy diferente. Ya no era un crío que se dejaba guiar por el corazón.

Ahora tomaba las decisiones basándose en la lógica. En la más fría lógica.

–Deberíamos hablar sobre lo que pasó entre nosotros –insistió Debbie.

–No serviría de nada. Olvídalo, Deb. Yo lo he olvidado.

Capítulo Cuatro

Gabe insistió en que cenaran en el restaurante de la azotea del Fantasías.

Debbie quería hacer algo para solucionar su problema pero como, según él, se estaba haciendo todo lo que se podía hacer, no tenía más remedio que esperar.

Se había puesto el vestido negro palabra de honor que había llevado con ella para las vacaciones porque era el más elegante que tenía. Además, sabía que le sentaba bien. Se ajustaba a sus curvas, la falda cayendo hasta la rodilla.

Los ojos de Gabe se iluminaron al verla y eso la había animado un poco.

Ahora estaban sentados en una esquina de la azotea, con un cielo enorme y cubierto de estrellas sobre sus cabezas. El reflejo de la luna bailaba sobre la superficie del mar y una suave brisa movía la llama de las velas, dándole a la terraza un ambiente terriblemente romántico. La mesa estaba cubierta por un mantel blanco de lino blanco, con una rosa roja en un búcaro de cristal.

Mientras el resto de los comensales charlaba y reía alegremente, Debbie observaba a Gabe, preguntándose cómo habría llegado tan lejos en sólo diez años.

Físicamente tenía el mismo aspecto que antes: el pelo largo, rubio oscuro, un cuerpo alto y delgado, pero fuerte. Pómulos marcados, penetrantes ojos verdes y una boca que, tiempo atrás, había conseguido hacerla gemir de placer.

Cuando lo conoció, sólo se ponía vaqueros y camisetas. Pero esa noche llevaba un esmoquin y parecía haber nacido para llevarlo. De hecho, con el pelo largo sujeto en una coleta, tenía un aspecto elegante y peligroso a la vez.

Suficiente para enamorar a cualquier mujer.

Y ella no había sido una excepción.

Tenía un sutil aire de poder ahora que no había tenido diez años antes. Debbie había comprobado que el personal del Fantasías prácticamente se cuadraba cuando lo veían llegar. Parecía conocer a cada empleado por su nombre de pila y todos ellos saltaban cada vez que movía un dedo.

Y entonces se preguntó si quedaría algo del chico al que ella había conocido bajo ese barniz de sofisticación.

–¿Qué estás pensando? –le preguntó Gabe.

Debbie tomó un sorbo de vino para mojar su seca garganta.

–Que has cambiado mucho.

–Tenía grandes planes y me encargué de hacerlos realidad.

Si había una pulla en esa frase, Debbie se encargó de ignorarla. Después de todo, diez años era mucho tiempo. Quizá de verdad había olvidado el pasado. ¿No debería ella hacer lo mismo?

–Pero no lo entiendo. ¿Cómo lo has hecho? ¿Cómo has conseguido tanto en tan poco tiempo?

Gabe le hizo un gesto al camarero y el hombre se acercó de inmediato para volver a llenar sus copas.

–Una mezcla de trabajo y buena suerte.

–Imagino que ésa es la versión corta.

Gabe sonrió.

–Sí, lo es.

–¿Y la otra versión?

–Hubo un par de años difíciles. Acepté un trabajo en Oriente Medio para una empresa de seguridad. Ya sabes, en los pozos de petróleo... ganaba mucho dinero, pero no tenía ningún sitio donde gastarlo –Gabe se encogió de hombros–. Guardaba una parte en el banco e invertía otra parte.

–No puedes decirme que has conseguido todo esto invirtiendo tu sueldo.

–No, claro que no –él levantó su copa y estudió el color del vino a la luz de las velas, pensativo–. Hace varios años conocí a un ingeniero informático que tenía una idea. Yo entonces no la entendía... sigo sin entenderla, la verdad. Pero él parecía saber bien de qué hablaba. Necesitaba dinero, yo se lo presté y la idea funcionó.

Contaba la historia con sencillez, pero Debbie podía imaginarlo... trabajando en Oriente Medio, ahorrando su dinero, invirtiéndolo, arriesgándose a apoyar a un hombre que tenía una idea. Y, por fin, haciendo realidad sus sueños. Recordó entonces las noches que habían pasado hablando de sus planes, de sus esperanzas...

Gabe había conseguido todo lo que quería.

–¿Y entonces compraste esta isla?

–Sí –contestó él, con un brillo de orgullo en su mirada–. Reformé el hotel y le cambié el nombre hace cinco años.

–Es un sitio precioso –murmuró Debbie–. Has hecho algo importante. Todo el mundo habla del hotel Fantasías, por eso vine aquí con mis amigas.

El camarero volvió a acercarse para servir la cena y luego desapareció tan silenciosamente como había aparecido.

–¿Y tú? –preguntó Gabe, tomando cuchillo y tenedor para probar su lubina–. ¿Qué has hecho desde la última vez que nos vimos?

–Sigo viviendo en Long Island y tengo una agencia de viajes.

–Ah, entonces te ha ido bien.

Debbie asintió con la cabeza. Ella no tenía millones como Gabe, pero tampoco le hacían falta. Tenía un negocio que funcionaba muy bien y una vida segura. Y eso era lo que más le importaba.

–¿Has vuelto a casa alguna vez?

–No –contestó él–. Dejé Long Beach hace diez años…

No terminó la frase y Debbie hizo una mueca. Sabía cuándo se había ido. Después de su última noche, cuando rechazó su proposición de matrimonio. Había intentado verlo unos días después para explicárselo, para hacerle entender que no lo había rechazado porque no lo quisiera...

Pero él ya se había ido y ni siquiera su hermano menor sabía dónde estaba. O eso le había dicho.

–Fui a tu casa –dijo entonces–. Pero Devlin me dijo que te habías marchado.

–No había razón para quedarme, ¿no? No pongas esa cara, Deb. Tú hiciste lo que tenías que hacer y yo también.

Era cierto. Debbie quería estar con él, pero sus miedos no la dejaron. Si le seguía doliendo el corazón por la oportunidad perdida, eso era algo con lo que había aprendido a vivir.

Pero, de repente, no era capaz de tragar y tuvo que tomar otro sorbo de vino.

–Bueno, cuéntame qué tal le va a tu hermano. ¿Está aquí, en el hotel?

–No, Devlin tiene su propio negocio. Se alistó en el ejército poco después de que yo me marchase y, cuando volvió a casa, abrió una empresa de seguridad... Top Dog, a lo mejor la conoces. Tenemos un equipo aquí en la isla que trabaja con los clientes famosos, pero su base está en Los Ángeles.

–Dale recuerdos de mi parte la próxima vez que lo veas –murmuró Debbie, doblando y desdoblando la servilleta. Por mucho que lo intentase no podía relajarse.

–Lo haré –Gabe se inclinó hacia delante–. Mira, Deb, sé que estás preocupada por la situación, pero vas a tener que confiar en mí. No quisiste hacerlo hace diez años, pero ahora no te queda más remedio.

Debbie arrugó el ceño.

–Estoy atrapada aquí. Es un poco difícil no estar preocupada.

–¿Atrapada? –repitió él.

–No puedo marcharme, ¿no?

–No.

–Pues entonces estoy atrapada.

Gabe apartó la mirada.

–Yo haré lo que pueda por ayudarte, ya te lo he dicho. Y podrías estar atrapado en un sitio mucho peor.

–Sí, pero...

–Te molesta no tenerlo todo controlado, como siempre.

–¿No has dicho que no te interesaba hablar del pasado? –le recordó Debbie.

–Siempre has sido muy obstinada. Decidida a hacer las cosas a tu manera.

–Y tú también. Te has construido un mundo a tu medida. ¿En qué nos diferenciamos?

–Supongo que en nada –asintió Gabe–. Pero, en este caso, lo que tú quieres depende de otros factores.

–Nadie va a creer que yo soy una ladrona de joyas, ¿verdad?

Él se encogió de hombros, como si le diera igual.

–Las autoridades están comprobándolo.

–¿Y cuánto van a tardar en hacerlo?

–Las cosas se mueven despacio en estas islas.

–Fabuloso.

–Pero puedo prometerte que seré un carcelero comprensivo.

Debbie lo miró, en silencio. Ojalá pudiera leer sus pensamientos. Su sonrisa era agradable, pero sus ojos ocultaban muchos secretos, algo que la molestaba más de lo que quería admitir. Además, la noche anterior no parecía tan decidido a ayudarla. ¿No había dicho algo como que era el propietario de la isla y de todo lo que había en ella, incluyéndola a ella? ¿Qué había provocado ese cambio de actitud?

–¿Ocurre algo?

–Dímelo tú –suspiró ella, apartando el plato–. ¿Por qué te muestras tan agradable de repente?

Gabe levantó una mano para deshacerse la pajarita y desabrochar el primer botón de la camisa. Pero, en lugar de parecer más relajado, eso sólo sirvió para darle un aspecto más atractivo, más sexy.

–A lo mejor no quiero que seamos enemigos.

Debbie quería creerlo. Ojalá pudiera.

–¿Lo dices en serio?

–Lo digo en serio –Gabe la miró durante un minuto sin decir nada. Había visto un brillo de esperanza en sus ojos y supo que su plan estaba funcionando. Empezaba a confiar en él. Claro que, ¿qué otra cosa podía hacer?

Era preciosa. Tanto como para hacer que cualquier hombre volviese la cabeza. Estaba hecha para la luna llena, además. Bronceada, con los ojos brillantes y esa boca...

Gabe se recordó a sí mismo que aquello era una farsa. Estaba allí para que Debbie bajase la guardia, no para bajarla él. Se mostraba amable con un objetivo. Y él era un hombre que nunca abandonaba una vez que se había marcado un objetivo.

La deseaba.

Siempre la había deseado. Desde el día que la conoció. Entonces Debbie sólo tenía dieciocho años y Gabe se había derretido al verla. Ella era lo único seguro en su vida.

Hasta que lo dejó.

Ahora la tenía donde quería tenerla. Y pensaba seducirla para que creyera que la había perdonado. Iba a hacer que perdiese la cabeza como la había perdido él una vez. Y entonces, cuando la hubiera hecho suya, sería él quien le diese la espalda.

Pensando en ello, tomó un sorbo de vino.

–Tú tampoco te has casado, ¿no?

–Ah, quieres cambiar de tema.

Gabe se encogió de hombros.

–Sólo era una pregunta.

–Ya, claro. Pues no, no me he casado. Pero estuve prometida.

Gabe apretó los labios. Aunque él no quisiera, lo afectaba la noticia de que había encontrado a un hombre al que amaba lo suficiente como para decirle que sí. Un hombre al que, aparentemente, había amado más que a él.

–Así que conseguiste dar el sí después de todo.

–Gabe...

–Pero después de decir que sí, te echaste atrás –siguió Gabe–. No has cambiado mucho, ¿verdad, Deb?

–No me eché atrás.

–¿Ah, no? ¿Y dónde está tu marido entonces?

–He dicho que *yo* no me eché atrás.

–Ah, entonces fue él.

–No –suspiró Debbie–. Sencillamente, al final no nos casamos.

–¿Por qué?

–Descubrí que Mike ya estaba casado. Con otras dos mujeres.

–Ah, ya... –a pesar de que había rabia en la voz de Debbie, Gabe también detectó el dolor, la humillación. Y, en parte, se alegró. ¿Por qué iba a ser él el único que supiera lo que se sentía cuando la persona amada te daba una patada? Además, no estaba allí para simpatizar con ella–. De modo que elegiste mal, otra vez.

–Hace diez años era demasiado joven.

–Yo te quería.

–Y yo a ti.

–No lo suficiente.

–Te equivocas. Pero el amor no lo es todo en la vida.

Durante años, Gabe había intentado apartar de sí esos recuerdos, negándose a pensar en ellos, negándose a volver la vista atrás. El pasado no tenía nada que hacer en su vida, el presente era lo único que le interesaba. Y el futuro.

Y Debbie no era parte de ese futuro.

Sin embargo, estando con ella, Deb conseguía abrir los candados que él se había encargado de cerrar. Pero no pensaba ponérselo tan fácil.

–Seguimos hablando de algo que ya no me interesa...

–Eres tú quien no deja de hacerlo –lo interrumpió Debbie.

–Muy bien, fue hace mucho tiempo y tú misma lo has dicho: la gente cambia –Gabe se levantó–. Quédate y disfruta de la cena. Yo tengo trabajo que hacer.

–Espera...

La suavidad de su voz lo atraía. El anhelo que había en sus ojos tocaba una fibra en su corazón. Pero él no quería que fuera así.

–Nos veremos más tarde.

–¿Quieres que haga qué?

Gabe se echó hacia atrás en la silla y miró a su jefe de seguridad. Sí, su hermano Devlin tenía un equipo en la isla, pero aquel hombre, Víctor Reyes, trabajaba exclusivamente para él. Víctor llevaba cuatro años encargado de controlar la seguridad en la isla y, en ese tiempo, se habían hecho amigos.

–Quiero que Debbie Harris sepa que la estamos vigilando.

Víctor era un hombre alto y musculoso de expresión fiera y aspecto aterrador. Normalmente, era suficiente con que apareciese y cualquiera que estuviese causando problemas empezaba a comportarse de inmediato.

–¿Puedo preguntar por qué?

–Cree que es sospechosa de un robo de joyas.

–¿Y tienes razones para que creer que ha sido ella?

–No –Gabe se levantó para mirar por la ventana–. Debbie no es una ladrona. Pero no quiero que se marche de la isla todavía y estoy dispuesto a hacer lo que tenga que hacer para mantenerla aquí.

Víctor se quedó en silencio un momento.

–Supongo que tendrás tus razones.

–Sí, las tengo.

–Muy bien. Tú eres el jefe.

Gabe lo miró por encima del hombro.

–Pero no te parece buena idea.

–No me pagas para pensar –contestó el hombre, cruzándose de brazos–. Pero si quieres mi opinión: no, no es la mejor idea que hayas tenido nunca.

Probablemente no, pensó Gabe. Lo más inteligente habría sido dejarla ir sin que supiera nunca que él estaba en la isla. Pero había aprendido años atrás a hacerle caso a su instinto, de modo que iba a hacerle caso. Debbie Harris y él tenían una cuenta pendiente.

–Seguramente tienes razón, Vic. Pero vamos a hacerlo a mi manera.

–Muy bien. Pero, ¿qué vas a hacer con la señorita Madison?

–¿Qué tiene Grace que ver con esto?

Víctor sacudió la cabeza mientras sacaba una agenda electrónica de la chaqueta.

–Según mis notas, la señorita Madison llegará dentro de tres días.

–¡Maldita sea!

¿Cómo podía haberlo olvidado? Habían acordado la visita de Grace un mes antes. Claro que durante el último mes no había pensado en nada más que en Debbie Harris. Era lógico que hubiese olvidado todo lo demás cuando estaba tan concentrado en sus planes de venganza.

Murmurando palabrotas, Gabe se pasó una mano por la cara.

–Se me había olvidado por completo.

Víctor guardó su agenda con una sonrisa en los labios.

–Ya lo veo.

–¿Esto te divierte?

–Tienes a Debbie Harris en tu suite... y en tres días llega tu prometida. ¿Cómo no voy a reírme?

Gabe lo fulminó con la mirada. Grace no era su prometida. Al menos, no lo era oficialmente. Aunque Grace y él habían llegado a un acuerdo la última vez que fue a visitarlo.

Debbie. Otra vez. Sin intentarlo siquiera estaba complicando su vida.

–Aún no estamos prometidos.

–Ah, bueno, entonces no hay problema –sonrió Víctor.

Gabe volvió a dejarse caer sobre el sillón.

–Estás despedido.

–No puedes despedirme, jefe. Soy el único amigo que te queda.

Capítulo Cinco

Gabe había cambiado mucho desde su época en Long Beach. Mezclándose con los ricos y famosos estaba como en su propia casa. Llevaba el esmoquin como si fuera una segunda piel y usaba su encanto con la «gente guapa» que lo rodeaba. Y, aunque parecía relajado, Debbie podía ver, incluso a distancia, que estaba pendiente de todo y de todos.

Una elegante morena con un vestido rojo increíblemente escotado, y unos pechos que no podían ser naturales, se inclinó hacia él y susurró algo en su oído. Y Gabe sonrió, haciendo que a Debbie se le encogiera algo por dentro. No tenía por qué, claro. No debería importarle que le sonriera a la rubia que, evidentemente, no conocía el significado de la palabra «sutil».

Pero eso daba igual. Cuando la mujer empezó a pestañear, Debbie murmuró para sí misma:

–Por el amor de Dios. ¿Esto qué es: Clase de Seducción 101?

Al menos Gabe no parecía querer comprar lo que la morena insistía en vender. Cuando se volvió para hablar con una sofisticada pareja, la chica hizo un puchero y luego se perdió entre la gente.

–Feliz cacería –murmuró Debbie, nerviosa.

Gabe parecía estar en su elemento, pero ella se sentía tan fuera de lugar como una tienda de rebajas en medio de Beverly Hills. Sabía que aquél no era su sitio. Al fin y al cabo, allí todos eran millonarios y ella tenía una agencia de viajes en Long Beach. Nada que ver con los clientes del Fantasías.

La música sonaba a través de altavoces estratégicamente colocados en las paredes pintadas de rojo oscuro y las llamas de las velas se agitaban con la brisa. Pero, entre tanta gente, Debbie se sintió sola.

La única persona a la que conocía allí era Gabe y ahora era prácticamente un extraño. Diez años eran mucho tiempo y lo que hubo entre ellos no tenía nada que ver con el presente.

Con el pelo sujeto en un moño alto que dejaba el cuello al descubierto, la fresca brisa del mar la hizo temblar un poco. Pero no era por el frío, sino por la situación en la que se encontraba, dependiendo de un hombre que no parecía demasiado amistoso con ella y sin posibilidad de volver a casa.

–¿En qué piensas?

La voz de Gabe interrumpió sus pensamientos. En sus ojos verdes había un brillo de algo que no pudo identificar, pero el sutil aroma de su colonia masculina la excitó. Aquel hombre era un asalto para las hormonas.

–No te había visto.

–Estabas demasiado ocupada pensando como para ver u oír nada.

–Sí, supongo que sí.

–Estás preciosa –sonrió Gabe entonces.

El vestido azul zafiro se ajustaba a sus curvas como si lo hubieran diseñado especialmente para ella. De seda, con escote halter, parecía acariciar sus caderas antes de caer hasta el suelo como el traje de una princesa. Ella nunca había tenido un vestido tan bonito y no sabía si debía haberlo aceptado.

Lo había encontrado sobre la cama, con unos zapatos y un bolso a juego. Sabía que para Gabe comprar un vestido así no representaba más que para ella comprar un cartón de leche, pero no se sentía cómoda llevando algo que le había regalado un hombre al que ni siquiera parecía caer bien.

–Gracias por el vestido. Es precioso, pero...

–Si vas a decir que no tenía que hacerlo, ahórratelo –la interrumpió Gabe, tomando su mano–. Quería que vinieras aquí esta noche y para eso tenías que llevar un atuendo adecuado.

–Gracias de todas formas.

–De nada –sonrió él. Y a Debbie le temblaron las rodillas.

Una simple reacción hormonal, se dijo. No significaba nada. Pero cuando la tomó por la cintura para llevarla a la pista de baile tuvo que hacer un esfuerzo para sobreponerse.

Le gustaba sentir el calor de sus brazos y, mientras bailaban, los recuerdos la embargaron. Recuerdos de un baile lento con él en el muelle de Long Beach una noche fría de otoño diez años antes...

El olor del mar, el amor que sentían el uno por el otro...

Gabe le había sonreído entonces, como ahora, y cuando la había besado supo que lo amaba.

–Estás pensando otra vez –dijo Gabe, inclinando la cabeza para hablarle al oído, su aliento acariciando su cuello.

–Estaba... recordando.

–El muelle.

Debbie echó atrás la cabeza para mirarlo, sorprendida de que quisiera hablar de ello. ¿No llevaba días diciendo que no tenía interés en el pasado?

–¿Te acuerdas?

Gabe apretó su cintura. Estaban tan cerca que podía sentir el roce de los duros muslos masculinos.

–Que no quiera pensar en el pasado no significa que lo haya olvidado todo.

–Son buenos recuerdos –murmuró Debbie, viendo cómo él apartaba la mirada. Seguía ahí, con ella, pero ocultaba sus emociones, dejándola fuera. Y lo lamentó.

–No todos.

–No –admitió ella, sin fijarse en el resto de las parejas que bailaban en la pista. No eran más que un borrón de colores brillantes mezclándose–. Pero casi todos lo son. ¿Tenemos que perderlos porque no terminó como esperábamos?

–Hace tiempo descubrí que es mejor así.

–Y más vacío.

–El presente es suficiente para mí.

–¿Ah, sí? –Debbie miró alrededor–. ¿Llenas tu presente con gente como esa morena del vestido rojo y eso es todo lo que necesitas?

–¿Estás celosa?

–Oh, por favor... si sus pechos son de verdad me como este vestido.

Gabe soltó una carcajada y el sonido se elevó por encima de la música, llevándole recuerdos del pasado. Cuánto le había gustado siempre su risa, que podía iluminar todos los rincones de su corazón.

¿Cómo podía haber olvidado eso?, se preguntó.

Instinto de supervivencia, seguramente. Si hubiera pasado los últimos diez años recordando lo que había dejado atrás, no habría podido ser feliz.

–Ashley Strong es una mujer encantadora.

Debbie miró por encima de su hombro.
–¿Ésa es Ashley Strong, la actriz?
–¿No la habías reconocido?
–No –contestó ella. Sus flagrantes intentos de seducción la habían puesto demasiado enferma como para fijarse en quién era–. Pero ahora sé seguro que esos pechos no son suyos.
Gabe rió de nuevo, poniendo una mano en su espalda para girar por la pista.
–He echado de menos esa boca tuya, Deb.
–¿Me has echado de menos?
La sonrisa desapareció.
–Durante algún tiempo te eché de menos con todas mis fuerzas. Pero ahora es diferente.
–Dices que tu presente es suficiente para ti. Sin embargo, yo te veo con toda esta gente... y no pareces conectado con ninguno de ellos.
–¿Cómo lo sabes?
–Porque lo sé. Estás aquí, pero te mantienes aparte, en otro mundo. Lo veo en tus ojos.
Gabe arrugó el ceño.
–Antes me conocías bien, es verdad. Pero ha pasado mucho tiempo, Deb. No soy el hombre que conociste.
La música terminó y, sin decir otra palabra, la guió hasta su mesa, apartada del resto de los invitados por un biombo. Había una botella de champán sobre la mesa y Gabe llenó las copas.

–¿Qué tal si olvidas el pasado y me aceptas como soy hoy?

–Pensé que eso era lo que estaba haciendo.

–No, en realidad no –murmuró Gabe, haciendo girar la copa de champán entre sus dedos–. Me ves, pero también ves la sombra del hombre que una vez te quiso.

Esas palabras se clavaron en su corazón como espinas.

–Y ya no eres ese hombre –no era una pregunta, era una afirmación.

–No, ya no soy ese hombre.

–Lo sé –murmuró Debbie.

–No estoy seguro de que lo sepas.

Ella tomó un sorbo de champán. A su alrededor, la gente seguía de fiesta sin enterarse de la conversación.

–Sé que no eres ese Gabe. Si fueras el hombre que yo recuerdo, estarías haciendo algo más para sacarme de este lío.

Él se echó hacia atrás en el respaldo para mirarla directamente. En sus ojos no podía leer nada. Era como si echase una persiana que escondiera sus sentimientos.

–Ya te dije que tardaría unos días.

–¿No sabes nada nuevo?

–No, nada.

–Y no has intentado enterarte de si hay alguna noticia...

–¿Crees que intento retenerte aquí?

–No estoy segura –admitió Debbie–. Pero sé que hay algo que no me cuentas.

–Eres muy suspicaz. Y no te recuerdo de ese modo.

–Y ésa no es una respuesta –replicó ella–. No te conozco, Gabe, es verdad. Hablas, pero no dices nada. No te recuerdo siendo tan… evasivo.

Él rió suavemente, dejando la copa sobre la mesa. Sus ojos, esos ojos verdes que una vez la habían cautivado, que una vez habían significado el mundo entero para ella, escondían al hombre en que se había convertido.

–¿Qué quieres de mí, Deb?

–Que me ayudes a salir de aquí.

–Ya lo estoy haciendo. ¿Algo más?

Había tantas cosas que quería y no podía tener. Sobre todo, a él. Lo deseaba tanto como lo había deseado diez años antes.

–Gabe…

Él tomó su mano, enredando los dedos con los suyos, y Debbie sintió un escalofrío.

–Esto no tiene nada que ver con el pasado, Deb. Piensa en el presente, en esta noche y en lo que podríamos compartir.

Tentador. Muy tentador. Olvidar las preocupaciones que no dejaban de dar vueltas en su cabeza. Olvidar que estaba atrapada allí…

–Estás pensando otra vez –sonrió Gabe.

–¿Y eso te parece mal?

Él levantó su mano para besarla y Debbie sintió que se derretía. Si quería evitar que pensara, lo estaba consiguiendo.

Gabe la tomó por la cintura, mirándola a los ojos.

–A veces es mejor no pensar y dejar que tu cuerpo te guíe.

Su cuerpo, desde luego, estaba más que dispuesto. Desde que había vuelto a verla, la deseaba. Pero, como Víctor le había recordado esa tarde, se estaba quedando sin tiempo. Pronto tendría que dejarla ir. Pero no antes de tenerla otra vez. No antes de hacer que lamentase haberlo dejado.

Sus ojos azules eran tan fáciles de leer. En ellos había pasión, sorpresa y suficiente deseo como para convertir las brasas que había dentro de él en un infierno.

Sólo con tocarla se inflamaba. Era la única mujer que podía excitarlo con una sola mirada. Su plan de seducirla y descartarla después estaba, de repente, tomando vida propia. La deseaba más que nunca. Quizá porque diez años antes la había tenido y la había perdido.

Esa noche la reclamaría como suya.

–Deja de pensar, Deb –susurró, inclinándose para besar su garganta. Estaba enfebrecido por su aroma, por el sabor de su piel. Y allí, entre las sombras, sintió un deseo que no había sentido jamás. La apretó contra su pecho, buscando su boca...

–Gabe, espera...

–No digas nada –Gabe deslizó una mano por su costado, notando cómo su respiración se volvía entrecortada. Y cuando cerró los ojos, supo que la tenía. Supo que lo deseaba tanto como la deseaba él.

Usó la lengua para separar sus labios y, al primer roce, fue como si no hubieran pasado esos diez años. Y el abarrotado club se convirtió en una solitaria playa en California. Debbie se apretaba contra él como si sus cuerpos estuvieran hechos el uno para el otro, dos piezas del mismo rompecabezas. Dos mitades del mismo todo.

Y, sin embargo, Gabe intentó apartar de sí esos pensamientos. Aquello no tenía nada que ver con el destino, ni con el amor. Aquello era una venganza, pura y simple.

La quería gimiendo debajo de él. La quería ardiendo de deseo y, cuando la tomase, quería verla temblar. Sólo entonces sería capaz de apartarse, sabiendo que sería Debbie quien se viera perseguida por los recuerdos ahora. Sabiendo que pasaría los siguientes diez años pensando en él.

–Gabe, yo...

–No pienses –insistió él, moviendo la mano izquierda para acariciar sus pechos. Tenía el pezón duro, empujando contra la seda del vestido.

Cuando tiró suavemente de él con el índice y el pulgar, Debbie tuvo que contener un grito. Pero cerró los ojos, apoyándose en su pecho, entregándose a sus caricias.

–Esto es...

–Asombroso –terminó Gabe la frase por ella, volviendo a buscar su boca, esta vez con más deseo que ternura. Con más ansia que cuidado. Sus lenguas se encontraron, los suspiros de Debbie convirtiéndose en los suyos mientras la devoraba con un ansia que no había experimentado en diez años.

Metió la mano bajo el corpiño del vestido para acariciar sus pechos desnudos, apretando, tirando del pezón hasta que ella se arqueó. Un biombo separaba su mesa de la pista de baile, pero Gabe sabía que eso no era suficiente. Él era el propietario de un exclusivo hotel y sus clientes estaban sólo a unos metros.

Para lo que quería necesitaba intimidad. La necesitaba desnuda, debajo de él...

Pero cuando Debbie tomó su cara entre las manos, el simple roce se clavó en su corazón, provocando un dolor que no había sentido en años.

Gabe se apartó bruscamente. No quería que tocase su corazón. No estaba buscando afecto. Ni amor. Lo único que quería de ella era algo físico: el sabor de su piel, el calor de su cuerpo, el sonido de su respiración agitada.

–Gabe... ¿qué pasa?

–Nada. Pero tenemos que irnos de aquí.

–Sí. Vámonos.

Justo lo que él quería oír.

Le ofreció su mano y, cuando Debbie la aceptó, un incendio lo recorrió entero. Gabe la tomó por la cintura mientras se abría paso entre la gente con la misma determinación que había usado todos esos años para levantar su imperio. Sabía lo que quería y cómo conseguirlo, sin dejar que nada se interpusiera en su camino.

Y aquella noche no era diferente.

Se decía a sí mismo que sólo experimentaba aquel poderoso deseo porque, al fin, iba a conseguir su venganza. Y no estaba dispuesto a pensar otra cosa.

En el vestíbulo, el encargado de recepción intentó decirle algo, pero Gabe le hizo un gesto con la mano y siguió caminando.

–No puedo respirar –murmuró ella.

Gabe vio el brillo de sus ojos y el color en sus mejillas y estuvo a punto de besarla. Pero si empezaba a besarla de nuevo no podría parar, de modo que apretó con fuerza su cintura, sus dedos rozando los pechos femeninos. Debbie se mordió los labios, sonriendo.

–Sé lo que sientes –dijo él con voz ronca, apresurando el paso. Los tacones de sus zapatos repiqueteaban sobre el suelo de cerámica y en la mente febril de Gabe sonaban como un reloj contando los segundos que quedaban hasta que la tuviera desnuda y jadeando.

Al lado de los demás ascensores estaba su ascensor privado, el que subía directamente a la suite. Gabe sacó la tarjeta del bolsillo, la colocó en el lector y empujó suavemente a Debbie en cuanto se abrieron las puertas.

Cuando se cerraron, ella se volvió para abrazarlo y Gabe la tomó por la cintura como si en tocarla le fuese la vida.

Nunca se había encontrado con una pasión como la de Debbie Harris. Nunca había conocido un deseo que abrumase los sentidos de un hombre como le ocurría con ella.

Con Deb había sido siempre algo explosivo, incendiario. Cuando metió las manos bajo la chaqueta del esmoquin, Gabe sintió el calor de su piel a través del lino de la camisa y supo que también ella se estaba quemando. Que sentía lo que él quería que sintiera. Enardecido, la empujó suavemente hacia atrás hasta que tocó la pared del ascensor y tomó su boca en un beso fiero que exigía y entregaba y exigía de nuevo.

Debbie se dejó caer sobre su torso, rendida, y él besó la suave piel de su garganta, sintiendo el errático pulso que latía allí.

Había conseguido lo que quería. La tenía ansiosa, loca por estar con él.

Pero no había contado con su propia locura. Con aquel deseo que lo abrumaba por completo. Había contado con tenerla como la había tenido una vez, pero no esperaba que lo afectase tanto. Sólo pensaba en tenerla y en verla gimiendo de placer...

Pero había algo más. Y no le gustaba, no quería admitirlo, a pesar del clamor de su sangre y los salvajes latidos de su corazón.

No, se dijo a sí mismo. Estaba haciendo aquello por una razón.

Para vengarse.

–Ahora, Deb. Aquí, ahora –no podía esperar más.

Mirándolo a los ojos, ella susurró:

–Sí, aquí, ahora mismo.

Gabe levantó la falda del vestido azul para acariciar sensualmente el interior de sus muslos, subiendo las manos cada vez más... y ella separó las piernas en silenciosa invitación. Pero cuando tocó su sexo se echó hacia atrás, sorprendido.

–¿No llevas bragas?

Debbie sonrió.

–Es que se marcan bajo el vestido.

–Hurra por los vestidos ajustados –murmuró Gabe, sin dejar de acariciarla.

Capítulo Seis

El cerebro de Debbie gritaba: «Estás cometiendo un error». «¡Para ahora mismo!».

Pero su cuerpo no quería escucharlo. Aquél era el final esperado desde que vio a Gabe en la celda. La pasión que había entre ellos era tan poderosa como antes. Evidentemente, diez años separados no habían conseguido cambiar eso.

Sus manos ardían y, cuando introdujo un dedo en su cuerpo, el cuerpo de Debbie despertó a la vida.

Jadeó, echando la cabeza hacia atrás, moviendo las caderas contra su mano. Todo pensamiento racional desapareció y, cuando él rozó con el pulgar el capullo escondido entre los rizos, sintió un estremecimiento. Instantáneamente llegó a un clímax explosivo que amenazó con hacerla perder la cabeza.

–Bien –murmuró él, su voz ahogada–. Otra vez.

–No puedo –consiguió decir Debbie, jadeando–. No puedo. Es demasiado rápido. Demasiado pronto.

–Nunca es demasiado –la mirada de Gabe se clavó en la suya–. Quiero verte otra vez. Quiero verte temblar para mí.

No dejaba de acariciarla y una ola de placer la envolvió de nuevo.

Las puertas del ascensor se abrieron entonces. Los suelos de madera brillaban bajo la luz de las lámparas y, al pensar en lo que iban a hacer, a Debbie le temblaron las rodillas.

Gabe la tomó en brazos y ella le echó los suyos al cuello, enterrando la cara en su pecho para escuchar los latidos de su corazón.

Gabe atravesó el salón a toda prisa y no perdió el tiempo cuando llegó al dormitorio. La tiró sobre la cama pero, cuando ella levantó los brazos, en lugar de abrazarla le dio la vuelta para bajar la cremallera del vestido.

–Preciosa –murmuró, inclinándose para besar su cintura.

Debbie cerró los ojos, suspirando mientras le quitaba el vestido, mientras acariciaba su trasero con caricias desconocidas para ella.

Excitada, se frotaba con el edredón de seda, la fría tela incrementando las sensaciones.

Se moría por estar con él otra vez. Deseaba que la tomase de nuevo, deseaba la masculina invasión, el peso de su cuerpo…

–Gabe…

–Estoy aquí, cariño –murmuró él, besando su

espalda, explorando cada centímetro de su cuerpo hasta que Debbie casi no podía respirar.

–Yo quiero...

«A ti», pensó. Lo necesitaba desesperadamente. Intentó darse la vuelta para verlo, para tocarlo, para hacerle lo que le estaba haciendo a ella, pero Gabe la sujetó.

–No, aún no –murmuró, besando su cuello–. Deja que te toque.

Debbie enterró la cara en el edredón, sujetándose a la tela como si necesitara un ancla para no perder la cabeza. Estaba ardiendo y cuando dejó de acariciarla lanzó un gemido de protesta.

Mirándolo por encima de su hombro, vio que se quitaba la ropa y la tiraba al suelo. Debbie se pasó la lengua por los labios observando su torso, su abdomen plano, su... era grande. Más grande de lo que recordaba. Y, evidentemente, estaba más que preparado.

Todo su cuerpo temblaba de anticipación mientras se daba la vuelta.

–Gabe... te necesito. Ahora.

–Lo sé –dijo él, con una sonrisa–. Y vas a necesitarme más dentro de un minuto.

Debbie levantó las piernas para enredarlas en su cintura.

–Gabe...

–Confía en mí.

Estaba acariciando su trasero, los dedos masculinos bailando sobre su piel como si estuviera tocando una melodía. Debbie dejó escapar un gemido ahogado cuando volvió a meter un dedo, explorando, acariciando, haciendo que perdiese la cabeza de nuevo.

Sus caderas se movían con el ritmo que él marcaba y contuvo el aliento cuando empezó a sentir los primeros espasmos, pero Gabe no paraba.

–Por favor…

Llevó aire a sus pulmones cuando sintió que la llenaba, tan duro, tan fuerte. Era como si no sólo estuviera tomando su cuerpo sino su alma. Entrando en ella de tal forma que no podía respirar.

De repente, no podía imaginar su vida sin que Gabe fuese parte de ella.

Gabe, que la acariciaba por todas partes, quemándola, haciéndola perder la cabeza. Debbie suspiraba, levantando las caderas para recibirlo mejor. Necesitaba sentirlo todo, necesitaba llenar el vacío que había en su interior.

Había estado diez años negándose lo que aquel hombre había significado para ella. Diez años en los que se había convencido de que la conexión entre ellos no había sido tan profunda, tan importante como recordaba. Diez años pensando que la vida sin Gabe era tan buena como la vida con Gabe.

Incluso había aceptado la proposición matrimonial de un hombre que no había tocado nunca su corazón como lo hacía él.

Y, en ese momento, reconoció las mentiras que se había contado a sí misma durante todo ese tiempo. Había elegido la seguridad para olvidar lo que dejaba atrás...

Debbie cerró los ojos para esconder las lágrimas. Gabe la tomaba con desesperación, acariciándola por todas partes. Lo oía respirar con dificultad, sentía cómo crecía la tensión dentro de él mientras se movían como si fueran uno solo y... finalmente, supo que lo amaba.

Desesperadamente.

Eternamente.

Amaba a Gabe Vaughn y nada podía cambiar eso. Ni los años ni su pasado.

Nada.

Se movió frenéticamente contra él y oyó que ahogaba un gemido. Y esa respuesta la animó.

–Espera –dijo Gabe entonces, apartándose.

Con los ojos verdes llenos de sombras, abrió el cajón de la mesilla para sacar un preservativo y rasgó el envoltorio. Después de ponérselo, volvió a colocarse sobre ella.

Debbie lo miró y vio al hombre con el que había soñado durante diez años. Tomando su cara entre las manos, murmuró:

–Ven a mí, Gabe.

Él no dijo nada. No tenía que hacerlo. Podía ver todo lo que quería ver en sus ojos. El deseo, la chispa de algo más profundo, el ansia, la fiebre. Todo estaba allí.

Cuando la penetró, Debbie contuvo el aliento, disfrutando de su peso, de la bienvenida invasión. Le encantaba sentirlo dentro de ella y se entregó a la magia que sólo había encontrado con él. Siguió su ritmo, moviéndose en una danza que parecía tan nueva como familiar. Acariciaba su espalda, arañándolo cuando empujaba con fuerza, respirando su aroma, besándolo en la base del cuello antes de buscar su boca...

Y mientras se devoraban el uno al otro, Gabe no dejaba de embestirla. Fiera, apasionadamente, la tomaba una y otra vez, llevándola a un sitio en el que no había estado nunca.

El primer espasmo de placer empezó a crecer dentro de ella y Debbie jadeó, levantando las caderas, dejando caer la cabeza sobre el edredón, agarrándose a él como si fuera lo único que podía sujetarla a este mundo.

Y más.

Lo era todo.

Le pareció que su cuerpo se rompía en pedazos y gritó su nombre, abrazándolo con fuerza, montando la ola de asombrosas sensaciones hasta que no pudo sentir más. Y cuando Gabe murmuró su nombre, dejándose caer sobre ella, Debbie estaba allí, esperando para sujetarlo.

Gabe se levantó sin decir nada. Necesitaba cierta distancia. Un poco de espacio para poder respirar y felicitarse a sí mismo por un trabajo bien hecho.

Después de todo, aquello era lo que había estado buscando: seducirla. Vengarse. Había funcionado perfectamente, se decía a sí mismo. La tenía donde quería.

Mirando por encima del hombro, vio que ella seguía tumbada sobre el edredón, prácticamente ronroneando de contento.

Y la deseaba otra vez.

Ése no había sido el plan, pero los planes se podían cambiar, ¿no? Que la hubiera tenido una vez no significaba que el juego hubiese terminado. Hasta que se fuera, hasta que él la dejase ir, era suya.

–Ha sido… –Debbie no terminó la frase, como si no pudiera encontrar la palabra que buscaba.

–Sí.

Gabe sabía lo que sentía. Y tampoco él podía encontrar una palabra para describir la experiencia. De modo que se lo quitó de la cabeza. No quería pensar en cosas que no podía describir.

–¿Quieres una copa? Yo voy a tomar una.

Fue desnudo del dormitorio al bar del salón.

Las cortinas de la terraza se movían con una brisa que llevaba hasta allí el olor del mar.

Sacó una botella de Chardonnay de la nevera. A Debbie le gustaba el vino blanco y a él tampoco le parecía mal en aquel momento. Estaba sirviendo dos copas cuando ella entró en el salón con un albornoz de seda negra. Y, como no quería pensar en ella desnuda bajo ese albornoz, Gabe apartó la mirada.

–¿Una copa de vino?

–Sí, gracias.

Gabe se tomó la suya de un trago, como si fuera una medicina, y luego se sirvió otra. Pero no valía de nada.

Dejando escapar un largo suspiro, salió a la terraza. Daba igual que estuviera desnudo. Aquél era un balcón privado y nadie podía verlo desde el jardín.

–¿No tienes frío? –preguntó Debbie, saliendo tras él.

–No.

No quería hablar con ella. No quería saber lo que estaba pensando y, desde luego, no estaba para una de esas conversaciones post-coito a las que las mujeres eran tan aficionadas. Lo que quería era tumbarla en el suelo de la terraza y perderse dentro de ella otra vez...

Era humillante admitir que estaba viéndose cazado en su propia trampa.

–Gabe…

–No empieces, Debbie.

–¿Que no empiece qué? –preguntó ella, confusa.

–Ya sabes. Te acuestas con una mujer y, de inmediato, ella se pone a hablar del futuro…

–Yo no iba a hablar del futuro.

–Muy bien. Entonces, hablemos del pasado.

Una estupidez, pensó luego. No había razón para sacar a la luz algo que estaba muerto y enterrado.

–¿Quieres hablar de eso? Pues habla.

Debbie lo miró, perpleja.

–¿Se puede saber por qué estás tan enfadado?

–No tengo ni idea –murmuró él, tomando otro sorbo de vino.

–Solías estar más simpático después de hacer el amor –le recordó Debbie entonces, con los dientes apretados.

–Solía hacer muchas cosas de forma diferente –los dos se miraron en silencio durante unos segundos.

–Increíble –dijo ella en voz baja–. ¿Puedes quedarte ahí tan tieso, tan antipático, después de lo que acaba de pasar?

–Sólo ha sido sexo.

–Ha sido mucho más que eso.

–Para mí no.

–Mentiroso.

–No me conoces, Deb. Ya no me conoces.

–Te equivocas –dijo ella, mirándolo a los ojos, retadora–. Te conozco perfectamente. No has cambiado tanto en diez años. Y sé que, por alguna razón, estás increíblemente enfadado... no conmigo sino contigo mismo.

Gabe intentó soltar una carcajada irónica, pero le salió un sonido extraño y apartó la mirada de esos ojos azules porque tenía la impresión de que veían demasiado.

–¿Ahora eres psicóloga? –preguntó, intentando mostrarse irónico–. Pues pierdes el tiempo analizándome, cariño. Soy un hombre feliz. Mi vida es exactamente como yo quiero que sea. ¿Tú puedes decir lo mismo?

–En general, sí.

–¿Y qué tal ese novio tuyo bígamo? ¿Eso te hizo feliz?

Debbie empezó a golpear el suelo de la terraza con el pie desnudo.

–Me hizo feliz mandarlo a tomar viento.

–Ah, ya. ¿Y cómo ocurrió? ¿Lo pillaste con su otra mujer?

–No –Debbie tomó un sorbo de vino–. Un día recibí la llamada de una mujer interesada en dar la vuelta al mundo en un crucero y quedamos para que fuese a la agencia a ver folletos... pero no era eso lo que quería en realidad. Iba con otra mujer. Las dos estaban casadas con Mike. Me enseñaron fotografías, certificados de matrimonio... querían que fuese con ellas a la policía para denunciarlo.

Gabe vio un brillo de dolor en sus ojos y no lo disfrutó tanto como le habría gustado.

–No debió ser muy agradable.

Ella se encogió de hombros.

–Fue mucho peor para ellas. La dos tenían hijos... menudo sinvergüenza.

–Vamos a brindar por una retirada a tiempo –suspiró Gabe, levantando su copa.

–Sí, fue una suerte. ¿Por qué estás tan interesado en eso?

–Siento curiosidad. Me preguntaba a qué clase de hombre le habrías dicho que sí.

Debbie tragó saliva, mirando su copa como si allí tuviera un guión escrito.

–Yo no quería alejarme de ti, Gabe.

–¿De verdad? –preguntó él, irónico–. Pues no pareciste tener ningún problema para hacerlo.

–No teníamos nada –dijo ella.

–Lo teníamos todo.

Debbie terminó su vino y sujetó la copa con las dos manos, como si necesitara agarrarse a algo.

–Estábamos en la universidad, no teníamos dinero, no teníamos futuro...

–Teníamos planes –le recordó Gabe, experimentando de nuevo el dolor que sintió al saber que Debbie no creía en él.

–No era suficiente.

–¿Por qué?

–¿Es que no lo entiendes? Te dije entonces que tenía que terminar la carrera. Tenía que buscarme alguna forma de ganarme la vida. No podía arriesgarme...

–¿Conmigo?

–Te hablé de cuando era niña...

Gabe asintió con la cabeza. Sí, él había tenido una familia, una seguridad. Y, seguramente por eso, le había resultado difícil identificarse con sus sufrimientos, pero eso daba igual. Lo único que le importaba entonces era Debbie.

–Te conté que mi madre había perdido su trabajo y que, durante un tiempo, vivimos en el coche. No teníamos nada, ni casa, ni dinero, nada. Luego, más tarde, cuando mi madre se puso enferma, no podíamos pagar el hospital –Debbie apretó los labios, intentando contener las lágrimas–. La vi morir poco a poco, sabiendo que si las cosas hubieran sido diferentes, si hubiéramos tenido un seguro o ahorros podríamos haber acudido a un especialista, alguien que pudiera salvarla.

–Así que me dejaste porque no tenía dinero.

–No era tu dinero –suspiró Debbie–. Era mi seguridad. Mi estabilidad. Tú no lo entiendes porque nunca te has preguntado si ibas a comer al día siguiente.

–Pero yo te quería.

–Y yo a ti.

–Pero no creías en mí.

Y eso le seguía doliendo. A veces lo recordaba y...

–¿Crees que fue fácil para mi decirte adiós? ¿Romper contigo cuando te quería tanto?

Gabe entró en el salón porque no podía estar a su lado sin tocarla. Y no quería tocarla en ese momento.

–Creo que tu idea del amor es muy equivocada –dijo, dándose la vuelta–. Le dijiste que sí a ese tal Mike. ¿Por qué? ¿Tenía un buen trabajo? ¿Un seguro, dinero ahorrado?

–No era rico, si eso es lo quieres decir.

–Pero era estable –Gabe rió–. Un bígamo estable. Bien hecho, Deb.

–¿Y quién eres tú para tirar la primera piedra? Ah, claro, te crees el rey de este pequeño imperio –le espetó ella.

–A ver si lo entiendo... ¿cuando no tenía dinero me dejaste y ahora que estoy forrado sigues poniéndomelo difícil?

–Nunca lo has entendido. Sigues sin entenderlo –suspiró Debbie–. No tenía nada que ver con el dinero sino con sentirme segura. Yo nunca he querido dinero, sólo quería saber con qué contaba para no verme nunca en la situación en la que se vio mi madre.

–Deberías haber confiado en mí –insistió Gabe, enfadado consigo mismo. Pensaba haber dejado el pasado atrás pero, aparentemente, había algunas cosas que necesitaba decir–. Deberías haber tenido fe en mí. En nosotros. Sí, tu vida ha sido dura, pero yo estaba ahí. Te quería. Yo habría cuidado de ti.

–¿Es que no lo entiendes? Yo tengo que cuidar de mí misma.

–¿Y qué tal te ha funcionado?

–Bien. Con los mismos errores y los mismos problemas que tiene todo el mundo –contestó Debbie.

–No todo el mundo se promete con un bígamo.

–Serás imbécil. Estoy intentando explicarte...

–¿Imbécil? Muy bien, lo que te ayude a dormir, cariño.

–¿Sabes lo que me ayudaría a dormir? –replicó ella, dando un paso adelante para clavar un dedo en su pecho–. Marcharme de esta maldita isla.

–Sí, pero eso no va a pasar.

–¿Por qué no? A pesar de lo que acaba de ocurrir entre nosotros tú no quieres saber nada de mí, así que ayúdame a salir de aquí.

Gabe levantó su barbilla con un dedo.

–Es por lo que ha pasado entre nosotros por lo que no vas a marcharte. Aún no.

–¿Qué?

–Me has oído. No tenemos futuro y el pasado es pasado. Lo que tenemos es el presente. Aquí, ahora.

–¿Y nada más? –preguntó ella, sacudiendo la cabeza–. Sólo sexo. ¿Eso es lo único que nos queda?

–¿Qué más hay?

Debbie lo miró, incrédula.

–Sí, supongo que tienes razón. Ya no te conozco.

Capítulo Siete

–¿Cómo que Culp y Bergman ha cancelado el contrato? –Debbie se levantó de la silla como si hubiera recibido una descarga eléctrica.

Había hablado con su ayudante el día anterior y todo estaba bien. Pero, claro, ayer, sólo era la cautiva de Gabe. No su amante-cautiva. Ah, menuda diferencia.

–Lo que he dicho, Deb –suspiró Kara Stevens–. La gerente de Culp y Bergman ha llamado esta mañana para decir que habían encontrado otra agencia.

Debbie tragó saliva. No era suficiente con haber pasado la noche anterior llorando al darse cuenta de que estaba enamorada, otra vez, de un hombre con el que no tenía futuro. Oh, no. No era suficiente que Gabe hubiera usado su cuerpo y descartado su corazón.

Ahora tenía que enterarse de que el mejor cliente de su agencia había decidido cancelar su contrato.

–Eso no tiene ningún sentido.

–Lo sé. Yo también me he quedado helada. Ayer les envié los papeles para el crucero anual de la empresa, como tú me pediste. Todo iba bien y, de repente, recibo una llamada en la que me dicen que no van a renovar el contrato. La gerente no me ha dicho por qué y te juro que yo no he hecho nada mal. He organizado el papeleo igual que el año pasado...

–Esto no puede pasar –la interrumpió Debbie, saliendo a la terraza. Frente a ella, en el mar, los yates navegaban felizmente bajo el sol. Pero en su mundo era medianoche y soplaba un viento helado–. ¿Te ha dicho a qué agencia han contratado?

–No –contesto Kara–. Sólo que había encontrado una que les venía mejor. Lo siento mucho, Deb. Estoy desolada. Me he llevado un disgusto tremendo.

¿Disgusto? Aquello era más que un disgusto. Sin Culp y Bergman, su agencia tendría serios problemas porque esa empresa era su principal fuente de ingresos.

En los últimos años la gente organizaba sus viajes a través de Internet, pensando que ya no necesitaban una agencia de viajes. Y estaban muy equivocados. ¿Y si te perdían una maleta en Estambul? ¿Y si uno necesitaba un coche urgentemente y no podía conseguirlo por Internet?

Un buen agente de viajes se encargaría de solucionar todo eso. Ella le había ahorrado a sus clientes muchos quebraderos de cabeza.

–¿Qué quieres que haga? –preguntó Kara.

–Nada –contestó Debbie. Kara no podía hacer nada. Y ella, atrapada en la isla, tampoco–. No hagas nada hasta que yo vuelva.

–¿Y cuándo será eso?

–Espero que pronto. Me ha surgido una cosa importante y no puedo marcharme todavía.

–¿Hasta cuándo?

–No estoy segura –admitió Debbie, que no le había contado la verdad a su gerente–. Pronto, espero.

–Yo también, porque creo que no estoy hecha para ser jefa. Esto es demasiado estresante para mí.

Debbie dejó escapar un suspiro. Kara era un cielo, buena con los clientes y muy detallista. Pero su «estresómetro» era bastante flojo.

–Volveré a casa en cuanto pueda. Pero tendrás que vigilar el fuerte un poco más. ¿Puedes hacerlo?

–Supongo…

–No supongas, Kara, hazlo.

Debbie se guardó el teléfono en el bolsillo de los vaqueros, intentando encontrar una solución. ¿Qué iba a hacer? Había abierto la agencia de viajes cinco años antes y estaba orgullosa de ella. Era algo que la hacía sentirse segura en este mundo a veces aterrador.

Y ahora, ese mundo acababa de temblar bajo sus pies.

Podía llamar a Culp y Bergman ella misma, hablar con la gerente, averiguar qué había pasado y si podía solucionarse.

–No, no puedo llamar aún –murmuró para sí misma–. Esperaré hasta que esté un poco más calmada... no creo que tarde más de un año o dos.

Podía llamar a Cait o Janine, pero entonces sus amigas le ofrecerían dinero... y tampoco ellas podían permitírselo.

Sus prometidos sí, pero Debbie no tenía intención de pedirle dinero prestado a nadie. Pedir dinero no era una respuesta a largo plazo y eso era lo que necesitaba. Tenía que encontrar un nuevo cliente, una empresa tan grande como Culp y Bergman.

–Sí, claro, así de fácil.

A lo lejos podía oír música y risas. El paraíso que Gabe había creado, donde el sol y el placer se combinaban para crear un mundo mágico en el que los problemas no podían echar raíz.

Bueno, aparentemente para todos menos para ella.

Gabe.

Debbie sacudió la cabeza. Imposible, absurdo. Y, sin embargo... si pudiera conseguir un contrato con el hotel Fantasías, su agencia se convertiría en la más importante de California. La gente haría cola en la puerta para conseguir un descuento en el hotel Fantasías. Ella podría ser la única agente de viajes que ofreciera esos descuentos y así salvaría su negocio.

Pero mientras lo pensaba, Debbie sacudía la cabeza. No podía hacerlo. No podía pedirle un favor a Gabe. Lo había rechazado una vez, cuando ninguno de los dos tenía dinero, y ahora, como era rico... pensaría que estaba utilizándolo.

Oh, no.

Tenía que haber otra manera.

Y la encontraría.

Pero antes, Gabe o no Gabe, tenía que salir de aquella maldita isla.

Esa tarde, Debbie decidió que había tenido suficiente. Muy bien. No podía irse de la isla porque la habían confundido con una delincuente. Casi podía lidiar con eso. Pero aún no era una convicta.

Entonces, ¿por qué había un enorme tipo de seguridad siguiéndola a todas partes? Cada vez que se daba la vuelta, allí estaba, intentando mezclarse entre la gente sin ningún éxito. Aunque tampoco intentaba esconderse porque, de ser así, llevar la chaqueta roja de seguridad no era precisamente buena idea.

Debbie se dirigió hacia los ascensores y cuando su «sombra» apareció, salió de detrás de una planta.

–Muy bien, ¿se puede saber qué hace?

Por un momento, lamentó haber sido tan impulsiva. El tipo era enorme, altísimo y con unas facciones que parecían esculpidas en piedra. Hasta que sonrió... mirándola con cara de admiración.

–Bien hecho, no la había visto esconderse –hasta su voz era enorme. Profunda y seca como un trueno.

–Gracias. ¿Se puede saber por qué me sigue?

Dos personas se acercaban a los ascensores, cargadas con bolsas de las boutiques del hotel y Debbie los miró con cierta envidia. Ella intentando evitar la cárcel y salvar sus ahorros y lo único de lo que ellos tenían que preocuparse era de la factura de la Visa.

Cuando la pareja entró en el ascensor, el hombre volvió a hablar con su voz de trueno:

–Me llamo Víctor Reyes. Soy el jefe de seguridad de la isla.

–¿Y no tiene nada que hacer más que seguirme?

Él se encogió de hombros.

–Tengo mis órdenes, señorita.

¿Gabe quería protegerla o estaba intentando descubrir si era la ladrona de joyas? ¿No sabía que ella nunca podría hacer algo así?

–¿Y le han pedido que me siga?

El gigante asintió.

–Yo no soy una ladrona.

–Me alegra saberlo, pero eso no cambia nada, señorita. Ya le he dicho que tengo mis órdenes.

–Ya –asintió ella, más disgustada con Gabe que con aquel hombre que sólo hacía su trabajo–. Pues voy a hablar con alguien para que cambie esas órdenes.

–El señor Vaughn no está en su despacho.

–¿Y dónde está?

–Es el juez de un concurso, en la playa.

Atónita, a Debbie no se le ocurrió nada que decir. Ella siendo tratada como una delincuente y Gabe haciendo de juez en un concurso playero. ¿Qué había sido de su oferta de ayudarla? ¿Dónde estaba su preocupación? ¿Dónde estaba la confianza?

–Ah, perfecto. Pero no tiene que seguirme, no voy a pegar a su amigo, el surfero.

El hombre permaneció inmóvil y Debbie suspiró.

Evidentemente, Gabe no estaba haciendo nada para ayudarla a salir de allí. Muy bien. Si no iba a ayudarla, tendría que hacerlo ella misma.

Llamaría a Cait. Y a Janine. Llamaría a la guardia nacional si tenía que hacerlo. No podía quedarse allí esperando que las autoridades de la isla decidieran que era inocente. Tenía que volver a casa de inmediato.

Cuando se dio la vuelta, comprobó que el hombre la seguía y se volvió, furiosa.

–En serio, ¿no debería usted dedicarse a buscar a la verdadera ladrona?

–¿Cómo que no me pueden ayudar? –exclamó Debbie.

–Los abogados de Jefferson están intentando que te devuelvan el pasaporte pero, por lo visto, se tardará algún tiempo en solucionarlo.

Debbie apretó los dientes.

–¿Y qué clase de abogados tiene tu novio que no pueden solucionar una cosa tan simple?

–Tienes que calmarte, Deb.

–¿Calmarme? –repitió ella–. No me lo puedo creer. ¡Estoy viviendo una película de terror!

–No es tan horrible, cariño.

Caitlyn decía eso porque no le había contado la amenaza que pesaba sobre su negocio, pero vaya, ¿el resto de la situación no debería granjearle cierta simpatía?

–¿Perdona? Soy sospechosa de un robo de joyas, no puedo salir de esta isla, me han quitado el pasaporte, hay un tipo siguiéndome a todas partes como un bulldog y, encima, Gabe es mi carcelero.

–Sí, eso es lo peor. Janine me ha dicho que sigue igual de guapo.

Más guapo de lo que debería, desde luego. Porque, aunque estaba furiosa con él, sólo tenía que pensar en esa larga y asombrosa noche juntos y su presión arterial se ponía por las nubes.

–Pero eso no es lo importante, ¿no te parece?

–No, aunque podría ser peor.

–¿Cómo?

–Pues... podrías estar en una celda en lugar de en el hotel.

–Sí, bueno... –suspiró Debbie, quitándose las sandalias para pisar la arena–. Pero alojarme en el hotel también tiene sus problemas. Y, además, tengo que volver a casa. Tengo que llevar un negocio y...

–Y yo estaré a tu lado cuando vuelvas, Deb –le aseguró su amiga–. Pero recuerda que estás en un sitio maravilloso. Sí, hay un par de moscas en la sopa en este momento...

–Unas moscas enormes, por cierto.

–Pero la sopa sigue siendo fabulosa. Intenta ser positiva.

Debbie miró el interminable océano delante de ella. Barcos, yates, motoras y tablas de surf surcaban el agua mientras, en el horizonte, oscuras nubes se reunían como soldados dispuestos a atacar. Le gustaría respirar profundamente, olvidarse de sus problemas y ser positiva como decía Cait, pero…

La cuestión era que en su sopa había una mosca mucho más grande de lo que creía su amiga. Debbie no sabía qué hacer, a quién acudir. Y, en ese momento de angustia, se oyó decir a sí misma:

–Me he acostado con él.

–¿Con quién?

–Con Gabe.

Al otro lado de la línea hubo un silencio y Debbie casi sonrió al imaginar la cara de susto de su amiga.

–¡No puedo creer que no me lo hayas contado antes! –gritó por fin, su voz alcanzando una nota tan alta que tuvo que apartarse el teléfono de la oreja.

–Pero si acabo de decírtelo…

–Sí, por fin. ¿Qué tal? ¿Fue maravilloso? Ay, Dios mío, no puedo creer que estéis juntos otra vez.

–Un momento… no estamos juntos.

–Pero te has acostado con él.

–Sólo una noche –contestó Debbie. Tres o cuatro veces, pero no tenía por qué contarle eso.

–¿Y tú estás bien?

–No tengo elección, ¿sabes? Gabe sigue…

–Enfadado contigo, Janine me lo dijo.

–Es más que eso. Es como si estuviera decidido a no sentir nada por mí.

–Pues han pasado diez años, tiempo más que suficiente. Aunque el pobre debió pasarlo fatal.

–¿El pobre? Si no recuerdo mal, entonces me dijiste que había hecho lo que tenía que hacer.

–Porque soy tu amiga y todo lo que tú hagas me parece bien. Pero nunca entendí por qué dejabas a un hombre que te quería y al que tú querías tanto.

–¿Y qué es lo que no entendías, Cait? Os lo expliqué a ti y a Janine…

–Lo sé, cariño. Y sé que tú estabas convencida, pero…

–¿Pero qué?

–Pero el amor no tiene nada que ver con la seguridad. Al contrario, hay que arriesgarse y esperar lo mejor.

–¿Y el sentido común?

–¿Quién ha dicho que el amor tenga algo que ver con el sentido común? –bromeó Cait.

El amor. Ella había amado a Gabe con toda su alma y tener que dejarlo le rompió el corazón. Pero sus miedos habían sido más fuertes y eso era algo que había admitido tiempo atrás.

–El sentido común es muy conveniente en la vida, Cait.

–Sigues queriéndolo, ¿verdad? Y no te molestes en mentirme porque te conozco. Tú no te acuestas con un hombre a menos que te importe de verdad. Y estamos hablando de Gabe, el amor de tu vida.

–El hombre que no quiere saber nada de mí.

–Sí, bueno, eso también.

–No sé qué hacer, Cait. Tengo que volver a casa, esto es absurdo. Tengo que irme. Pero si me marcho no volveré a verlo...

Allí estaba. Miedo sobre miedo. Tenía que volver a casa para salvar su negocio, pero cuando se hubiera ido de la isla su conexión con Gabe se habría roto para siempre.

–Las moscas en mi sopa están nadando de espaldas.

–A lo mejor es hora de tirar la sopa y pedir otra cosa.

Debbie soltó una risita.

–¿Podemos dejar las analogías culinarias de una vez?

–Sí, claro –rió su amiga–. ¿Por qué no hablas con Gabe? Dile lo que sientes.

–¿Y darle la oportunidad de que me rechace?

–Ya sé que es un riesgo.

Sí, lo era. ¿Y estaba ella dispuesta a arriesgarse?

Capítulo Ocho

Dos horas después, Víctor Reyes estaba en el despacho de Gabe dándole el informe:

–Es muy atrevida, ¿no?

–No me sorprende que digas eso.

–Pues a mí me sorprendió mucho que se enfrentase conmigo como lo hizo.

Gabe sonrió. Le gustaría haberla visto saltar desde detrás de la planta para enfrentarse con el hombre que la seguía. Como un ratoncillo enfrentándose con un gato hambriento.

Debbie siempre había estado muy segura de sí misma. Incluso diez años antes, cuando lo dejó, lo había hecho de forma rápida y limpia, como si supiera que era lo que debía hacer.

Aunque no lo fuese.

Y él la había echado tanto de menos. Era terrible verse obligado a admitir eso diez años después. Pero la estaba reteniendo allí para vengarse de ella. No quería disfrutar de su presencia. No quería desearla.

–Tiene mucho valor esa chica.

–Sí, lo sé. Debbie nunca ha tenido ningún problema para expresarse.

–Puede que no te guste oír esto, jefe, pero me gusta –dijo Víctor entonces.

No, no quería oírlo. Y no quería entender las razones de Víctor para decir eso.

–Sí, a mí también.

–¿Cuándo vas a decirle que ya han detenido a la ladrona?

–Buena pregunta –Gabe golpeó distraídamente la mesa con el bolígrafo. Un par de horas antes le había llegado un fax de Bermudas diciendo que habían detenido a esa mujer. Aunque la detención no tenía importancia porque ésa no era la razón por la que Debbie estaba allí. Pero si lo supiera querría marcharse y él no había decidido aún cómo iba a decirle que eso no era posible.

–Se enterará tarde o temprano –dijo Víctor–. La detención saldrá en las noticias y, aunque no las viera, la gente habla...

–Me preocuparé de eso cuando ocurra.

–Lo que tú digas, jefe –asintió el jefe de seguridad–. Pero si quieres un consejo...

–No, gracias.

–Bueno, como te parezca. ¿Quieres que la siga?

–No –Gabe se echó hacia atrás en la silla–. Ya no tiene sentido.

–Desde luego, hacéis buena pareja –rió Víctor.

Cuando desapareció, Gabe pensó en esa frase durante un minuto... y luego la apartó de su cabeza. Una vez, Víctor podría haber tenido razón, pero eso fue mucho tiempo atrás. Debbie y él no eran una pareja. Y Gabe no estaba interesado en que lo fueran.

Debbie, nerviosa, paseaba por el salón de la suite, sus sandalias repiqueteando sobre el suelo de madera.

Con el teléfono en la oreja, canturreaba *Satisfaction,* que era la musiquita que le habían puesto mientras esperaba. La canción de los Rolling al violín sonaba completamente absurda, pero eso no era lo importante.

Lo importante, se recordó a sí misma con el estómago encogido, era hablar con la gerente de Culp y Bergman. Averiguar por qué habían cancelado el contrato y ver qué podía hacer para recuperarlos.

Aunque quizá no debería llamar todavía. A lo mejor debería esperar un día más. Pero si esperaba acabaría con una úlcera.

–¿Señorita Harris?

Cuando una voz humana interrumpió la horrible versión de *Satisfaction,* Debbie tardó un segundo en contestar:

–Sí, estoy aquí.

–Dígame. ¿Hay algún problema?

Debbie intentó contener su impaciencia. Anna Baker sabía perfectamente para qué había llamado, pero parecía dispuesta a hacerla sufrir.

–Mi ayudante me ha dicho que hay un problema con la renovación de su contrato.

–No, no hay ningún problema. Sencillamente, hemos encontrado otra agencia.

–Señora Baker... –empezó a decir Debbie–, llevamos dos años trabajando con ustedes y creo que hemos tenido una relación estupenda...

–Sí, pero las cosas cambian, señorita Harris –la interrumpió Anna Baker–. Hemos decidido que necesitábamos una agencia más grande.

–¿Más grande? –ella no quería competir con una agencia más grande. Ése era el asunto. Que la suya fuese una agencia pequeña e independiente había sido precisamente la razón por la que consiguió el primer contrato con Culp y Bergman dos años antes. Una agencia más pequeña ofrecía una atención más personal–. Más grande no es siempre mejor, señora Baker. Y tendrá que admitir que, en los últimos dos años, mi agencia se ha encargado de organizar los viajes de su empresa de una manera eficaz...

–Sí, sí, por supuesto.

–Yo volveré a Long Beach en unos días –siguió Debbie. «Por favor, que sea así», rezó–. Y si me permite enviarle por fax un contrato revisado, seguro que encontraremos la forma de ponernos de acuerdo.

–Lo siento mucho, pero ya hemos firmado un nuevo contrato con Drifters. No hay nada más que decir, señorita Harris. Me temo que estoy muy ocupada, así que, si no le importa... gracias por llamar.

Drifters, una de las mayores agencias de viajes del país, seguramente sería capaz de ofrecerles descuentos y a saber qué tipo de incentivos.

Estaba hundida. Literalmente. Casi podía oír cómo su empresa se vencía sobre sus cimientos. Lentamente, Debbie guardó el móvil y miró alrededor, sin saber muy bien dónde estaba. Era como si le hubiesen dado un puñetazo en el estómago.

La luz del sol entraba por las ventanas, haciendo dibujos en el suelo de madera. Las cortinas se movían con la brisa y el olor del mar llegaba hasta allí...

Pero ella apenas notó todo eso. Estaba concentrándose en respirar. Sentía como si tuviera una bola de acero en el estómago y temía tener que vivir con ella desde ese momento.

Sin el contrato de Culp y Bergman no podría mantener la agencia de viajes. A menos que pudiese encontrar otro cliente tan fuerte como ellos, lo perdería todo.

–Gabe seguramente lo pasaría bomba si lo supiera.

–Hablando de Gabe –oyó una voz femenina tras ella–. ¿Dónde está?

Debbie se volvió para enfrentarse con una morena guapísima que la miraba con ojos curiosos. Debía tener unos treinta años, con piel de alabastro, ojos oscuros y un traje fantástico de color amarillo limón. Parecía recién salida de las páginas de una revista.

–¿Quién es usted?

–Soy Grace Madison. Y ahora que sabe mi nombre, quizá podría decirme cuál es el suyo y qué hace en la suite de mi prometido.

Gabe levantó la mirada cuando un tornado rubio entró en su despacho. El pelo largo volaba alrededor de sus hombros y la camiseta azul cielo que llevaba dejaba al descubierto su ombligo. Pero antes de que pudiera disfrutar la punzada de deseo que lo atravesó, levantó la mirada.

Los ojos de Debbie eran puro fuego y no tuvo la menor duda de que si las miradas pudiesen matar él estaría enterrado bajo dos metros de tierra en aquel momento.

–Deb, me alegro de que hayas venido.

–¡Serás imbécil!

–Si vas a insultarme, lo mejor será que cierres la puerta.

–¡Estás prometido! –exclamó ella, dando tal portazo que varios de los cuadros se movieron.

Gabe había olvidado, de nuevo, la llegada de su prometida. Pero eso no cambiaba nada. Grace y él habían llegado a un acuerdo que los beneficiaba a los dos y no tenía nada que ver con Debbie Harris.

–Ah, debe haber llegado Grace...

–¿Eso es todo lo que vas a decir?

–¿Qué quieres que diga? –preguntó él, apoyando los codos en el escritorio y observándola pasear por el despacho. Estaba muy guapa cuando se enfadaba, pensó tontamente. ¿Qué clase de enfermo retorcido era para desearla en ese momento?

–Lo que quiero que digas es que no tienes una prometida.

–No lo es.

–¿Qué?

–No lo es oficialmente. Aún no se lo he pedido pero, al contrario que la última vez que se lo pedí a alguien, espero que Grace me diga que sí.

–Tú... tú...

–¿Sí?

–¿Puedes sentarte ahí, tan tranquilo, y decirme que vas a casarte con una mujer después de... después de que nosotros...?

–Veo que tienes problemas para terminar una frase.

–¡Nos hemos acostado juntos!

–Sí, desde luego que sí –contestó Gabe, levantándose. Verla tan enfadada, respirando agitadamente, sus pechos subiendo y bajando, lo hacía desearla más que nunca.

–¿Te has acostado conmigo, pero vas a casarte con ella?

–Algún día –respondió Gabe, pasando a su lado para cerrar la puerta con llave–. ¿Crees que no tenía una vida antes de que tú aparecieras en la isla?

–No, pero…

–¿De verdad creías que no había habido otras mujeres?

–¿Cómo iba a pensar eso? ¡Han pasado diez años! –replicó Debbie, furiosa–. Pero no me habías dicho que tuvieses novia…

–¿Crees que a mí me ha hecho gracia saber que te acostabas con el bígamo?

–Yo no lo hacía mientras me acostaba contigo.

Gabe se encogió de hombros.

–Yo hace meses que no me acuesto con Grace.

–¿Y se supone que así se arregla todo?

–Yo no te debo una explicación, Deb. Pero la verdad es que Grace y yo hemos decidido casarnos por… una cuestión de negocios.

–¿Negocios?

–Ninguno de los dos está interesado en el amor y los dos queremos tener hijos. Su familia posee una línea de cruceros... una buena fusión comercial.

–Vaya, eso sí que es ver las cosas con una mente fría y calculadora –dijo Debbie, irónica.

–No, así son los negocios.

–¿Y qué somos nosotros?

–Buena pregunta.

–Podrías haberme advertido de que vendría. De que existía.

–Sí, podría haberlo hecho.

–Ah, qué bonita disculpa. Deberías bordarla en un cojín.

Gabe soltó una carcajada. Nadie más lo había hecho reír en medio de una pelea.

–No pienso disculparme por nada de lo que haga en mi vida.

–¿Y Grace? ¿Vas a disculparte con ella?

–No –contestó él, levantando una mano para acariciar su cara–. Grace no esperará una disculpa.

Debbie lo apartó de un manotazo.

–Pues entonces es mucho más comprensiva que yo.

Gabe rió otra vez... y volvió a tocarla de nuevo, metiendo un dedo bajo el escote de la camiseta.

–Cariño, Genghis Khan era más comprensivo que tú.

–Muy gracioso... y deja de tocarme. No pienso volver a acostarme contigo con tu prometida esperando en la suite. Así que si estás pensando lo que creo que estás pensando...

–Calla, Deb –murmuró Gabe, inclinando la cabeza para besarla.

El beso empezó siendo tierno, pero pronto se convirtió en una caricia ardiente, apasionada, que le robó el aliento. Aquello era algo con lo que no había contado. Aquello era algo que habría evitado si pudiera. Pero Debbie lo tocaba en sitios que había creído muertos mucho tiempo atrás.

Y la llegada de Grace no iba a evitar que la deseara. Entre Grace y él había un acuerdo comercial, no había amor y, por lo tanto, no había engaño. Además, aún no estaban prometidos.

–No deberíamos hacer esto –musitó Debbie cuando Gabe se apartó un momento.

–Pero lo estamos haciendo.

–Sí... sí...

Él dejó de pensar. Le quitó la camiseta mientras Debbie desabrochaba su camisa, pasando al mismo tiempo las manos por su torso, su abdomen...

Estaba tan excitado que, si no la tomaba en unos segundos, explotaría. Nunca había conocido un deseo tan feroz como el que sentía por ella.

Cuando estuvieron desnudos, Gabe apartó los papeles del escritorio de un manotazo para sentarla encima y colocarse entre sus piernas.

El escritorio estaba frío, pero Debbie estaba tan caliente que no se dio cuenta. Cuando Gabe la penetró sintió que se le paraba el corazón y supo, en el fondo de su alma, que allí era donde debía estar. Con aquel hombre.

Esa revelación nació y murió con un suspiro, porque también sabía que no podía tenerlo. Que ya no la quería. Que la mujer con la que iba a casarse estaba arriba, en la suite y... ¿por qué estaba haciendo el amor con un hombre que era de otra mujer?

Debbie no quiso contestar a esa pregunta porque la respuesta era demasiado horrible. En lugar de eso, se concentró en el cuerpo de Gabe, en el calor de su aliento, en sus jadeos, en el deseo que los sobrecogía a los dos. Porque sabía que aquélla sería la última vez. No podía volver a hacer el amor con él sabiendo que sólo era un deseo carnal.

–Estás pensando otra vez –dijo Gabe con voz ronca, acariciando sus pechos.

–Ya no pienso más –murmuró Debbie mientras se enterraba en ella, llenándola de un placer tan dulce, tan profundo que casi llevó lágrimas a sus ojos.

–Buena idea –musitó él, tomando su boca con fiera pasión.

Debbie levantó los brazos y se agarró al hombre de sus sueños, al hombre de su pasado, haciendo que el presente se disolviera en una masa de luz y color.

Capítulo Nueve

–Esto tiene que dejar de pasar –murmuró Debbie, mientras tomaba las bragas del suelo.

–¿Ah, sí? –rió Gabe, dándole un azote en el trasero y riendo de nuevo cuando ella lanzó un grito–. ¿Por qué?

Echando su melena hacia atrás, Debbie lanzó sobre él una mirada que debería haberlo fulminado... si Gabe tuviera el menor sentido de la decencia. Naturalmente, no era así.

Después de ponerse los pantalones, miró debajo de la mesa, buscando el sujetador.

–¿Cómo lo haces?

–¿Qué?

–Fingir que todo es normal, estupendo. Que somos una pareja corriente y que tú no tienes una prometida esperándote arriba.

Gabe se puso serio mientras se inclinaba para recuperar el sujetador, tirado bajo una silla.

–No somos una pareja corriente, Deb. Y el hecho de que Grace esté aquí no tiene nada que ver con lo que hay entre nosotros.

Mientras se ponía el sujetador, Debbie intentó entender cómo podía pasar de ser un volcán a convertirse en el Ártico en un segundo.

–Eso es una estupidez, Gabe. Tú lo sabes y yo también. Hay algo entre nosotros...

–Lo único que hay entre nosotros es sexo. Un sexo asombroso, pero nada más.

Esas palabras fueron como una bofetada. ¿Cómo era posible? ¿Cómo podía mirarla a los ojos y mentir tan fácilmente? Porque estaba mintiendo. Lo sabía, lo sentía. Entre ellos había algo más, algo que Gabe no quería admitir. De otro modo, no habría vuelto a enamorarse de él.

Pero si él no reconocía esa conexión, no tenían nada.

–No puedo hacer esto. No puedo quedarme contigo y dormir contigo sabiendo que no significo nada para ti.

–Yo no he dicho eso. Pero lo que hagamos en la cama no tiene nada que ver con mi vida.

–Ah, vaya, estupendo –Debbie lo miró como si no lo hubiera visto nunca. Y a aquel Gabe no lo había visto. No lo conocía–. Mientras tu vida no sea perturbada todo está bien, claro.

–Algo así.

–Eres un miserable, ¿lo sabes?

–¿Acabas de darte cuenta? –sonrió Gabe.

Debbie respiró profundamente y contó hasta diez... bueno, hasta cinco, antes de hablar de nuevo. Si lo único que había entre ellos era lo que ella sentía, entonces se había terminado.

–Quiero que me devuelvas mi pasaporte y me saques de esta isla.

Aunque estaba mirándolo a los ojos no era capaz de leer nada en ellos. Y eso le dolió más que nada.

–Uno no siempre consigue lo que quiere, Deb. Tú deberías saberlo. Y ahora, si no te importa, tengo que volver a trabajar –dijo Gabe, inclinándose para recoger los papeles que habían tirado.

Pero Debbie había decidido que no iba a dejar que la tratase de esa forma y, después de recoger un montón de papeles del suelo, los tiró sobre la mesa.

–Hala, ya está. Ahora ya puedes hablar conmigo. Tienes tiempo de decirme por qué, si no sientes nada por mí, no estás haciendo algo para sacarme de la isla.

–No lo entiendes, ¿verdad? No he hecho esto para protegerte, sino para castigarte.

Para castigarla... Debbie empezó a entender. ¿Podía haberse equivocado tanto sobre él? ¿De verdad seguía odiándola?

–Hace diez años –dijo Gabe entonces– me utilizaste y luego te libraste de mí como si no te importase nada.

–Eso no es verdad...

–Bueno, pues es el momento de cobrarme esa deuda, cariño –siguió él, como si no la hubiera oído–. Y esta vez te toca pagar a ti.

Debbie sacudió la cabeza.

–¿Me has retenido aquí para hacerme daño?

–¿Qué esperabas? –preguntó Gabe, metiendo las manos en los bolsillos del pantalón–. Si no hubiéramos recibido esa información sobre la ladrona de joyas habría encontrado otra forma de retenerte aquí. ¿De verdad creías que seguía loco por ti después de tantos años? ¿Que esto acabaría teniendo un final feliz, como en las películas?

–Claro que no –contestó ella. Aunque no era verdad, tenía que salvar la cara para no quedar como una ingenua–. Supongo que pensaste que me enamoraría locamente de ti.

–¿Y no es así?

–Por favor...

Gabe la miró a los ojos, como intentando leer sus pensamientos.

–No mientas, cariño. Olvidas que te he visto enamorada. Te conozco muy bien.

–No estamos hablando de mí, estamos hablando de ti. Y me parece que te has tomado muchas molestias por una mujer que, según tú, no te importa nada.

Gabe le dio la espalda para mirar por la ventana.

–No tengo por qué darte explicaciones, Deb. Ya te lo he dicho antes.

–No –asintió ella, cansada y triste. Lo que había empezado como unas vacaciones había terminado siendo una pesadilla–. Pero podrías intentar explicártelo a ti mismo. Deberías preguntarte por qué has hecho algo tan absurdo.

Él la miró por encima del hombro.

–Por la satisfacción de retenerte aquí contra tu voluntad.

–Muy sensato, sí –dijo Debbie, irónica–. Pero una vez que detengan a esa ladrona, me iré de aquí.

–Quizá sí, quizá no. Ésta es mi isla, Deb –Gabe se volvió para mirarla–. Si yo digo que no te vas, te aseguro que no te irás.

–Yo tengo una vida, tengo un negocio, no puedes retenerme aquí indefinidamente.

–No apuestes nada.

–No eres un señor feudal.

–En lo que a ti respecta, podría serlo.

Debbie sacudió la cabeza.

–Ya no te conozco, ¿verdad?

–Desde luego que no.

–No sabía que me odiases tanto.

Gabe contuvo el aliento.

–No te odio, Deb. Pero tampoco soy el hombre al que una vez le rompiste el corazón.

–Voy a llamar a la policía.

–Ya te he dicho que eso no valdrá de nada.

–Llamaré a mis amigas.

–Oh, vaya, ahora sí que estoy preocupado.

–¡Esto se ha terminado, Gabe! –exclamó ella, furiosa–. Este juego enfermizo se ha terminado de una maldita vez. Tú te has vengado, enhorabuena.

Así que ahora estamos en paz. ¿Por qué no llamas a las autoridades de Bermudas y les dices que yo no soy la ladrona?

–¿Y por qué iba a hacer eso?

–Porque es lo que tienes que hacer.

–Ah, bueno, entonces…

Debbie no podía creerlo. Unos minutos antes habían hecho el amor… encima de su escritorio. Habían estado tan cerca como podían estarlo dos personas y ahora… era como si estuvieran en planetas diferentes.

–¿Y qué pasa con Grace?

–Grace no tiene nada que ver contigo.

–¿Y no debería tener algo que ver *contigo*?

–¿Por qué no dejas de meterte en mi vida?

–¿Por qué no dejas que yo vuelva a la mía?

–Cuando yo lo decida. No antes.

–¿Y cuándo será eso exactamente?

–Cuando me canse de ti.

Debbie respiró profundamente. Tenía que calmarse, tenía que pensar con claridad.

–Mira, no sólo quiero irme, *tengo* que irme. Mi negocio está atravesando un mal momento. Si no vuelvo a casa cuanto antes podría perderlo todo.

Gabe se sentó frente a su escritorio.

–¿Cuál es el problema?

Ella tuvo que tragarse la rabia que sentía. No quería contárselo, pero Gabe era la única persona que podía sacarla de la isla. Aunque no parecía dispuesto a hacerle ningún favor, tenía que intentarlo al menos.

–He perdido a mi mejor cliente y tengo que reemplazarlo lo antes posible. Y mi ayudante no puede solucionarlo sola porque no conoce el negocio como yo. Además, la responsabilidad de la agencia es mía y…

–A ver si lo entiendo –la interrumpió Gabe–. Hace diez años me dejaste porque querías seguridad. Ahora que yo tengo esa seguridad tú tienes… ¿qué? ¿Un negocio en ruinas? ¿Un prometido bígamo? ¿Es eso?

–Esto no tiene nada que ver contigo, ni con lo que pasó hace diez años. No estamos hablando de ti –replicó ella–. Pero si quieres que diga que tú eres fantástico y yo soy un fracaso, me da igual. Piensa lo que te parezca. Está claro que tu forma de pensar y de comportarte deja mucho que desear.

–Tú no tienes ni idea de lo que siento…

–¿Y por qué no me lo cuentas? –lo interrumpió Debbie, poniendo las manos sobre el escritorio–. Eres tú quien quiere vengarse, no yo. Eres tú quien no deja de hablar del pasado, venga a cuento o no. ¿Por qué no me dices lo que sientes? Dímelo, a lo mejor así podemos pasar página de una vez.

Los ojos verdes brillaron, furiosos. Parecía a punto de decir algo, pero al final apartó la mirada.

–Tengo que trabajar. Tú eres una *empresaria*, deberías entenderlo.

–Sí, claro, porque yo también estaría trabajando si no me hubieras retenido en la isla como un maníaco. Pero me voy, sí, te dejo *trabajar*–cuando llegó a la puerta se volvió. Gabe fingía mirar unos papeles, pero sabía que estaba pendiente de ella–. Esto no ha terminado, te lo aseguro. Voy a marcharme de esta isla quieras tú o no. Con o sin tu ayuda.

Unas horas después, Debbie estaba sentada en el bar del casino pidiendo un martini para relajarse un poco. Después de todo, llevaba horas intentando encontrar una salida a aquella absurda situación.

Y mientras ella estaba tensa y angustiada, los clientes del casino parecían estar pasándolo de maravilla. Elegantes parejas sentadas frente a las mesas de juego y las máquinas tragaperras, hombres solos buscando diversión, grupos de amigas... El ambiente era festivo y Debbie, mirándolos con ojos cansados, se sentía como un globo que perdía aire.

Entre la rabia y la pena, no estaba segura de qué debía hacer. Podría llamar a Janine o Cait. Llamar a la policía. Llamar a las Naciones Unidas, a los marines. Hacer lo que tuviera que hacer para salir de aquella isla y alejarse de Gabe para siempre.

¿Pero estaba dispuesta a hacer que lo detuvieran para salir de allí?

No.

A pesar de todo, ella no lo odiaba. Casi le daba

pena que se hubiera vuelto una persona tan fría, tan vengativa. Y lo quería. Aunque eso no valía de nada.

Bien, tenía que reflexionar. Estaba atrapada en una isla por un ex novio, sospechosa de ser una ladrona de joyas, a punto de tener que declararse en quiebra...

–Sí, ha sido un mes estupendo –murmuró para sí misma.

–Parece que lo necesita –sonrió el camarero poniendo un martini sobre la barra.

–No tiene usted idea –Debbie iba a sacar dinero del bolso, pero el camarero le hizo un gesto–. No tiene que pagar. Órdenes del jefe.

El jefe. A Gabe le gustaba dar órdenes, eso estaba claro. Y secuestrar a la gente. Y...

–¿Este asiento está libre?

Cuando giró la cabeza se encontró frente a frente con Grace, la prometida de Gabe, preciosa con un elegante traje de color rojo. Incluso con su vestido azul zafiro, Debbie se sintió como la hermanastra fea.

Sí, un final perfecto para un día perfecto, pensó.

–No, siéntese –le dijo, señalando el taburete de al lado.

Grace se sentó y le pidió una copa de champán al camarero.

–He pensado que deberíamos hablar.

Capítulo Diez

Sonriendo, Grace tomó un sorbo de champán.

–Ah, esto está mucho mejor.

Podría estar mejor para ella, pero Debbie empezaba a ponerse nerviosa. Después de todo, ¿qué podía decirle a la prometida del hombre del que estaba enamorada? Aunque ni ella misma podía creer que estuviese enamorada de un hombre que, literalmente, la tenía prisionera. ¿Podría haber una situación más incómoda?

Grace cruzó las piernas y tomó otro sorbo de champán mientras la miraba por encima de la copa. Había algo parecido a la burla en sus ojos castaños y Debbie tuvo que respirar antes de hablar:

–Esto es un poco raro, ¿no?

–No tanto como crees... ¿puedo tutearte?

–Sí, por supuesto.

–Entiendo que Gabe y tú estáis... muy unidos.

–Yo no sabía nada sobre ti, te lo aseguro.

Grace se encogió de hombros.

–Ni yo de ti. Pero he hablado con Gabriel.

–¿Ah, sí? ¿Y qué te ha dicho?

–Que erais viejos amigos.

–Sí, supongo que eso es verdad –murmuró Debbie, tomando un sorbo de martini–. Pero quiero que sepas una cosa, Grace: antes de venir aquí hacía diez años que no veía a Gabe. No quiero que pienses que teníamos una aventura ni nada parecido. Yo nunca haría algo así, no soy ese tipo de persona. Y no creo que Gabe lo hubiera hecho... bueno, supongo que tú lo sabrás tan bien como yo porque vas a casarte con él.

–Eso ya da igual. Sólo quería decirte que me marcho.

–¿Por mí?

–No, por favor –sonrió Grace–. Aunque Gabriel es un hombre muy simpático... he decido casarme con otra persona. Sólo había venido para decírselo personalmente.

Debbie la miró, atónita.

–¿No vas a casarte con él?

–No.

–¿Y cómo se lo ha tomado Gabe?

–Muy bien. Evidentemente, contigo aquí está ocupado de todas formas.

–Mira, Gabe y yo...

–No es asunto mío, de verdad –la interrumpió Grace, tomando otro sorbo de champán–. Voy a casarme dentro de tres meses.

–Ah, ya veo.

Debbie se preguntó, sin embargo, qué clase de hombre querría casarse con una mujer de hielo. Y se preguntó también si Gabe se daría cuenta de que había salvado el pellejo.

No podía imaginarlo casado con Grace. Él estaba tan lleno de vida… en fin, solía estarlo. Como había descubierto recientemente, este Gabe no era el Gabe que ella había conocido una vez. Y quizá aquélla era la clase de mujer que buscaba.

–Gracias –Grace bajó del taburete con una sonrisa–. Buenas noches. Ah, y buena suerte con Gabriel.

Mientras el casino bullía de actividad, era como si una burbuja de silencio hubiera envuelto a las dos mujeres. Ninguna de las dos parecía percatarse del movimiento que tenía lugar a su alrededor.

–No creo que vaya a tener suerte con Gabe.

–Pero estás enamorada de él, ¿verdad?

Debbie carraspeó.

–Prefiero no hablar de eso.

–Vaya, me sorprende.

–Yo soy la primera sorprendida.

¿Podía haber una conversación más extraña? Diez años antes había dejado a Gabe porque pensó que era lo mejor para los dos. Dejarlo entonces había sido muy doloroso, pero ahora iba a ser mucho peor. Ahora sabía bien lo que quería de la vida y sabía que perder a Gabe por segunda vez iba a perseguirla para siempre. Pero no podía hacer nada.

–Tienes a una mujer guapísima cautiva en la isla y estás sentado aquí tomando una copa conmigo –dijo Víctor, burlón–. ¿No te parece un poco raro?

Gabe se tomó el whisky de un trago.

–¿No te agrada mi compañía?

Víctor se arrellanó en el sofá de su suite.

–No me estoy quejando, sólo me pregunto por qué estás aquí en lugar de estar con tu rubia.

–No es mi rubia.

–¿Y la señorita Madison?

–Se ha ido –contestó Gabe. Y no quería admitir que para él era un alivio. Hasta que encontró a Debbie otra vez había estado dispuesto a aceptar ese acuerdo sin amor. Pero, después de sentir el fuego otra vez, la idea de casarse con Grace le había parecido intolerable.

Afortunadamente, ella había encontrado a otro hombre.

Gabe tomó la botella de whisky y llenó su vaso de nuevo. Su amigo no entendía que prefiriese estar allí con él en lugar de hablar con la mujer que lo volvía loco, pero debería entenderlo.

Estudiando el whisky como si en el líquido ámbar estuviera la respuesta a todas sus preguntas, Gabe recordó la expresión de Debbie cuando salió de su despacho. Sabía que le había hecho daño y le sorprendía no sentir satisfacción alguna.

Pero misión cumplida. Había hecho lo que quería hacer. Entonces, ¿por qué no estaba celebrándolo? Debbie nunca debería haber vuelto a su vida. Unas semanas antes lo tenía todo controlado, era feliz.

–Respondiendo a tu pregunta, la razón por la que no estoy con la rubia es que ella me saca de quicio.

–¿Por qué? ¿No me digas que se queja de que la tengas aquí prisionera? –bromeó su jefe de seguridad.

–¿Tú de qué lado estás?

–Del tuyo, jefe –contestó Víctor, levantando las manos.

–Alguien debería estar de mi lado –Gabe estiró las piernas mientras tomaba un trago de whisky. Pero daba igual cuánto bebiera, no podía borrar el rostro de Debbie de su mente. Y quería hacerlo, tenía que hacerlo.

No le debía nada.

–He visto a Grace dirigiéndose al casino hace unos minutos.

–¿Ah, sí?

Dios, estaba siendo un miserable, pensó.

–Tu rubia esta allí, por cierto. O sea, que están las dos juntas, comparando notas seguramente.

–Genial –murmuró Gabe. Con las dos mujeres hablando, a saber lo que podía pasar–. ¿Cómo es posible que haya destrozado mi vida en tan poco tiempo?

–¿Y qué te hace pensar que tu vida era tan estupenda antes de que ocurriera todo esto?

–Lo era. Todo estaba bien antes de que Debbie viniese a la isla.

Su amigo soltó una carcajada.

–¿No te dabas cuenta de que cada vez que Grace aparecía por aquí tú estabas de repente ocupadísimo?

–No.

–Pues así es. Aunque tampoco Grace parecía muy interesada en estar contigo. Yo creo que si vas a casarte con alguien, aunque sea un acuerdo comercial, deberías querer estar con esa persona.

–¿Qué quieres decir con eso?

–Tú sabes lo que quiero decir.

Gabe dejó escapar un largo suspiro. Sí, sabía lo que su amigo quería decir, pero no había querido pensar en ello. Y tenía razón. Grace y él habían acordado casarse por una cuestión de conveniencia... aunque ninguno de los dos estaba particularmente ansioso por fijar una fecha para la boda.

Seguramente no había sido una buena idea. No tenía sentido casarse a menos que uno estuviera enamorado y él ni estaba enamorado ni pensaba estarlo.

–Lo que digo es que desde el día que la rubia apareció en la isla tú eres otra persona.

–Eso no es verdad –se defendió Gabe. Debbie no lo había afectado en absoluto. Ella era su pasado, sólo eso.

–Di lo que quieras, jefe, pero la rubia te afecta como nadie.

–No tienes ni idea. Te dije desde el principio que esto era un juego. No significa nada para mí.

–Entonces, ¿por qué sigues tan enfadado cuando deberías estar contento?

La pregunta que Gabe se había estado haciendo a sí mismo. Y aún no tenía la respuesta. Ni la necesitaba.

–Eso da igual.

Víctor se levantó.

–Si tú lo dices. Pero yo creo...

–Si hubiera sabido que esta noche iba a darte por hablar me habría emborrachado solo en mi habitación.

–No, qué va. Estás aquí para evitar a la rubia, ¿no?

Cierto. Había ido a la suite de Víctor buscando un amigo y un poco de paz y tranquilidad.

–Las mujeres lo complican todo –murmuró Gabe, tomando otro trago–. Debbie, Grace... yo lo tenía todo controlado. He construido mi mundo como quería y he trabajado mucho para hacer que este sitio sea lo que es hoy.

–Sí, ya lo sé. Cuando la rubia rompió contigo, tú decidiste hacer fortuna.

–Y la hice –afirmó Gabe.

–De acuerdo, pero uno tiene que preguntarse...

–¿Qué?

–Si la rubia no te hubiera enfadado tanto hace años, ¿estarías aquí ahora?

–¿Por qué no iba a estarlo?

Víctor sacudió la cabeza.

–No digo que no fuera así. Sólo que ella te empujó para que creases todo esto. ¿Quién sabe dónde estarías si ella te hubiera dicho que sí?

Gabe dejó su vaso sobre la mesa, pensativo.

–Bueno, yo me voy abajo a ver cómo van las cosas –se despidió Víctor–. Tú quédate el tiempo que quieras, jefe, nos vemos luego.

–Sí, claro –murmuró Gabe. Distraído, se levantó para abrir el balcón e inmediatamente recibió un golpe de viento en la cara.

Eso sirvió para deshacer la niebla de su cerebro y, mientras miraba el reino que había construido, tuvo que preguntarse si su amigo tendría razón. Si Debbie no lo hubiera dejado diez años antes, ¿habría tenido la misma determinación de triunfar en la vida? ¿Si se hubiera casado con ella todo habría sido diferente? ¿Sería el hombre que era?

Le gustaría pensar que sí. Le gustaría creer que habría conseguido todo aquello con o sin la motivación que el dolor por el rechazo de Debbie había creado.

Pero la realidad era que no lo sabía.

Había usado esa furia para empujarlo, canalizándola hacia un objetivo: triunfar. Convertirse en la clase de hombre que Debbie nunca podría rechazar.

De modo que sin ella... podría no ser el dueño de aquella isla.

Y ésa sí que era una buena patada en el trasero.

–¿Que estaba prometido?

Janine se mostró tan indignada que Debbie hubiese querido abrazarla. Pero su amiga estaba a miles de kilómetros de allí.

–Sí, con una mujer elegantísima.

Dos horas después de haberse despedido de Grace en el casino, Debbie estaba en la suite, paseando frenéticamente, como si poniendo energía suficiente pudiera salir de allí. Llamar a Janine era como agarrarse a una cuerda en un mar bravío. Pero para eso estaban las amigas, ¿no?

–No me lo puedo creer. No se me ocurre un insulto suficientemente gordo para ese canalla –suspiró Janine–. ¿Se acuesta contigo y se le olvida mencionar a su prometida?

–Técnicamente no era una prometida –dijo Debbie entonces–. Era una *casi* prometida que ahora es la prometida de otro hombre. Pero lo peor es que tenía razón sobre una cosa.

–¿Qué?

–Que estoy enamorada de Gabe.

Oh, no. Lo había dicho en voz alta. Y ahora que estaba ahí fuera, en el universo, ya no podía retirarlo.

–Pero Debbie, cariño… llevas años enamorada de Gabe. Fingir que lo habías olvidado no ha cambiado nada, ¿no?

Janine tenía razón. Siempre había querido a Gabe. Incluso cuando rompió con él, cuando se negó a casarse con él, seguía amándolo.

El miedo se había interpuesto en su camino.

Pero… ¿sería demasiado tarde para hacer algo?

–¿Deb? ¿Sigues ahí?

–Sí –murmuró ella–. Estoy aquí. Aunque no estoy muy segura de dónde es aquí.

Capítulo Once

Unas horas después, Gabe seguía considerando las palabras de Víctor. Y lo que esas palabras habían despertado no le gustaba nada.

No le gustaba pensar que no habría triunfado de no haber sido empujado por la furia de un rechazo amoroso. Pero la verdad era, y debía admitirlo, que nunca lo sabría con seguridad.

Gabe sacó la tarjeta del ascensor. Al menos había llegado a una conclusión esa noche, a pesar de haber intentado ahogar los recuerdos en alcohol. Se sentía increíblemente aliviado de que Grace hubiese cancelado el compromiso. ¿Cómo demonios iba a casarse con una mujer mientras soñaba con otra? No estaba diciendo que estuviese enamorado de Debbie, pero... aquella mujer se le había metido en la sangre.

Cuando las puertas del ascensor se abrieron, entró en la suite y miró alrededor. Deb estaba dormida en un sillón, cerca de la chimenea apagada. Tenía la cabeza caída hacia un lado, los ojos cerrados y el largo pelo rubio cayendo sobre su cara...

Algo dentro de él se encogió entonces y, aunque no quería admitirlo, supo que tenía que dejarla ir. Debbie tenía que volver a su vida y él necesitaba alejarse de ella. Olvidar esa semana sería lo mejor para los dos.

Se acercó un poco más, sin hacer ruido, y la miró, en silencio. Y cuando su corazón empezó a palpitar como loco, se dijo a sí mismo que no era más que el eco de los recuerdos. Era el pasado volviendo para darle otra patada. Para recordarle que nunca debería haber empezado aquel absurdo juego al que, además, no tenía ningún derecho.

El viento movía las cortinas, haciéndolas flotar por la habitación como fantasmas atados a la tierra. Olía a lluvia y Gabe cerró las puertas de la terraza antes de que empezase la tormenta.

Cuando estuvieron cerradas, oyó la voz de Debbie tras él:

–¿Qué pasa?

–Nada, es que va a haber tormenta –contestó Gabe.

Cuando ella se levantó del sillón tuvo que hacer un esfuerzo para contenerse. Tenía un aspecto tan tierno, tan vulnerable, como si estuviera recién levantada de la cama. Y él la quería en su cama. Daba igual cuántas veces hicieran el amor, cuántas veces la tocase. Gabe supo en ese preciso instante que siempre la desearía.

Por eso tenía que irse.

–Haz la maleta –dijo de repente, metiendo las manos en los bolsillos del pantalón–. Te marchas.

–¿Qué? –Debbie abrió mucho los ojos.

–Que te marchas.

–¿Cuándo?

–Esta noche, mañana, cuando sea posible.

–¿Así, de repente? –preguntó ella, acercándose un poco más.

Estaban muy cerca el uno del otro, pero podrían estar a miles de kilómetros.

–¿Ahora te quejas porque puedes irte? –Gabe se obligó a sí mismo a reír, aunque le salió una risa amarga–. Hace unas horas querías marcharte a toda costa.

–Y tú dijiste que no me podía ir porque aún no habían detenido a esa ladrona de joyas.

–Te mentí.

–¿Qué?

Gabe sacó un papel del bolsillo y se lo entregó, en silencio. La vio desdoblarlo y empezar a leer...

–Tú lo sabías –exclamó Debbie, atónita–. Sabías que la habían detenido hace días en Bermudas. ¿Cuándo pensabas decírmelo?

Él se encogió de hombros.

–No iba a decírtelo todavía.

–¿Se puede saber qué te pasa? –gritó ella, haciendo una bola con el papel y tirándoselo a la cara.

–No quería que te fueses todavía.

–¿Por qué?

–Tú sabes cuál es la respuesta.

–Ya –murmuró ella, entristecida–. Para castigarme por haberte dejado hace diez años, ¿no? ¿Y por qué me lo dices ahora?

¿Por qué tenía que ser tan guapa?, se preguntó Gabe. ¿Por qué su voz era tan suave, sus ojos tan grandes? ¿Por qué no dejaba de recordar lo felices que habían sido juntos?

¿Y por qué no se limitaba a pensar en el tema del que estaban hablando?

–¿Qué más da? Quieres marcharte, pues ya puedes hacerlo.

–¿Y ese cambio de actitud?

–El juego ha terminado y quiero que te marches.

Debbie no pudo disimular la pena que le producía esa respuesta y Gabe sintió una punzada de dolor en el corazón. Otra razón para querer que se marchase. No quería sentir nada por ella. No quería que le importase lo que sentía.

–El rey ha hablado, ¿no?

–Algo así.

–Genial. O sea que tú pasas un buen rato teniéndome prisionera el tiempo suficiente para que mi negocio se arruine y ahora...

–¿Es por eso por lo que viniste aquí?

–¿De qué estás hablando?

–Tú y tu precioso negocio. Tu necesidad de seguridad por encima de todo –Gabe intentó sonreír, pero le salió una mueca–. Tú sabías que la isla era mía cuando viniste, ¿no?

–Sí, claro –Debbie lo miraba como si le hubiera salido otra cabeza–. Vine aquí a propósito para que me hicieras tu prisionera.

–¿Por qué no? Tu negocio estaba en la ruina antes de que vinieras aquí, por eso viniste. Querías utilizarme para salvar tu empresa...

–¿Qué tonterías estás diciendo?

–¿Por qué si no ibas a venir precisamente aquí? –Gabe hizo la pregunta, pero no esperaba una respuesta. Ahora que lo pensaba bien, era lo más lógico. Ah, y así no tenía que sentirse culpable. Debbie había ido allí con un propósito. Sencillamente, él había podido usarla antes de que lo hiciera ella. Gabe se pasó una mano por el pelo–. Habías pensado sacar provecho de tu pasado para salvar tu futuro.

–¿Estás loco? Yo no sabía que esta isla fuera tuya, ni siquiera sabía que estuvieras aquí. Y no he tenido ningún problema con mi negocio hasta hace...

–¿Por qué voy a creerte?

–¿Y por qué no vas a hacerlo? –replicó ella–. ¿Te he pedido algo desde que estoy aquí?

Gabe no quería escucharla. No quería creer que estaba diciendo la verdad. Para él era más fácil creer que Debbie había intentado sacarle dinero.

–Has estado jugando conmigo desde el principio.

Era lógico, tenía sentido. Además, si era cierto, no tenía por qué sentirse culpable de nada.

–No lo dirás en serio

–Claro que lo digo en serio.

–Entonces soy más tonta de lo que creía –suspiró Debbie.

Su expresión era una mezcla de desilusión, pena y rabia. Tenía los ojos brillantes y él era lo bastante cobarde como para agradecerle que contuviese las lágrimas. No quería verla llorar. No quería hacerle daño. No quería lamentar nada que tuviese que ver con Debbie Harris.

Sólo quería recuperar su vida.

Como había sido antes de que ella llegase a la isla y lo hiciera pensar en lo que habría podido ser...

–Hemos terminado, Deb. Déjalo estar.

–¿Sabes una cosa, Gabe? Me das pena.

–Oh, por favor...

–Me das pena, en serio. Tienes todo lo que siempre habías querido, pero no ves más allá de tus narices. ¿Crees que soy yo la única que piensa en su negocio? Eres tú, Gabe. Sólo puedes pensar en esto –siguió Debbie, señalando alrededor.

–¿Y en qué modo soy diferente a ti?

–Yo no te utilizaría nunca y tú me has utilizado –contestó ella–. Me has mentido. Me hiciste pensar que podrían detenerme, que podrían meterme en la cárcel. Me has retenido aquí contra mi voluntad aun sabiendo que tenía problemas en mi negocio. Te has acostado conmigo, haciéndome creer... –Debbie no terminó la frase–. Me has utilizado de la forma más cruel.

–Nos hemos utilizado el uno al otro.

–¿Ah, sí? Muy bien, tú sigue pensando eso si así puedes dormir tranquilo. Pero la verdad es que yo no te he hecho nada. Y nunca te habría pedido nada para mi negocio, nunca –dijo Debbie–. Y quiero que sepas que esta vez eres tú quien me da la espalda.

Mirarla a los ojos le rompía el corazón, pero Gabe se dijo a sí mismo que estaba fingiendo. Había ido allí para utilizarlo y estaba furiosa porque no lo había conseguido.

–Muy bien, di lo que tengas que decir.

Debbie lo miró a los ojos.

–Te quiero.

Gabe se atragantó, esas dos sencillas palabras golpeando el lugar en el que antes había estado su corazón con una fuerza que casi lo echó para atrás. Pero, haciendo un esfuerzo supremo, mantuvo una expresión fría.

–Y esperas que me crea eso.

–No, no lo espero. Ya no. En realidad, no espero nada de ti –suspiró ella–. No has sido exactamente el príncipe azul desde que llegué... y no eres el Gabe que conocí, eres otra persona. Y, sin embargo, te quiero. Quizá nunca he dejado de quererte –siguió Debbie, sacudiendo la cabeza–. No espero ni quiero nada de ti. Sólo quería que lo supieras. Hace diez años te dejé porque pensé que era lo mejor para los dos, pero quiero que sepas que hoy eres tú quien me da la espalda.

–Muy bien, lo recordaré.

Sabía que sus palabras se repetirían en su cabeza una y otra vez, pero tendría que aprender a vivir con ello. Porque no iba a darle la oportunidad de que volviese a dejarlo. No se permitiría a sí mismo amar otra vez.

–¿Vas a hacer la maleta?

–Por supuesto. Me iré por la mañana.

–Genial.

–Muy bien.

Gabe se dijo a sí mismo que debía mirarla bien porque, una vez que se hubiera ido de la isla, nunca volvería a verla. Y la miró, sí. La miró como si quisiera grabar esos preciosos rasgos en su mente: sus ojos, sus labios tan suaves, el pelo despeinado y la tira de la camiseta que había resbalado por su hombro…

Pero el eco de esas dos palabras seguía colgando en el aire, como un gallardete que ninguno de los dos ejércitos se atrevía a recoger.

Debbie despertó con una furiosa tormenta golpeando las ventanas de la habitación. El viento sacudía las palmeras, doblándolas casi desde la base, las frondosas copas rompiéndose y cayendo al suelo, la lluvia barriendo el jardín del hotel como si el cielo hubiera estado guardando agua durante décadas para soltarlo en un solo día.

–No puedo irme hoy –murmuró.

Luego se volvió para mirar la suite vacía preguntándose, no por primera vez, dónde habría pasado Gabe la noche. Aunque no debería. No debería pensar en él nunca más.

Tenía que irse de la isla, pero estaba atrapada de nuevo, aquella vez por una tormenta casi tan fuerte como la que arrastró a Dorita y Toto al país de Oz.

Una tormenta que parecía golpear directamente la torre del hotel…

Debbie sintió un escalofrío. Aquello no podía ser bueno. Estaban en una zona de huracanes y…

Cuando sonó el teléfono prácticamente corrió para contestar:

–¿Sí?

–¿Estás bien?

–Sí, claro. ¿Dónde estás, Gabe?

–En mi despacho. Dormí aquí anoche –contestó él–. Llamo para decir que han cancelado tu vuelo.

–Ya me lo imaginaba. ¿Qué está pasando?

–Un huracán. Debería haber pasado de largo, pero parece que ha cambiado de dirección.

–Tú sabías que no podría irme, ¿verdad?

–¿Qué?

–Por eso fuiste tan complaciente anoche –respondió Debbie–. Tú sabías que había una amenaza de huracán…

–¿Quién soy yo, el hombre del tiempo? Por favor, Deb, lo creas o no, no estás en mi lista de prioridades en este momento.

–¿Qué está pasando? –preguntó ella.

–Tengo que proteger un hotel lleno de gente. Gente que tiene tantas ganas de irse de la isla como tú, pero nadie puede ir a ningún sitio.

Debbie lo pensó un momento.

–¿Puedo echar una mano?

Al otro lado de la línea hubo una pausa, como si le hubiera sorprendido la oferta.

–Sí, la verdad es que sí. Los empleados están reuniendo a los clientes en el restaurante de la planta baja. Es la zona más protegida. Si pudieras calmarlos... la gente se pone muy nerviosa en estas situaciones.

–Muy bien, de acuerdo.

–Te lo agradezco mucho.

–No hay por qué –suspiró Debbie.

Evidentemente, lo único que hacía falta para que fuesen amables el uno con el otro era un desastre natural.

Gabe levantó las dos manos para pedir tranquilidad y esperó hasta que los murmullos cesaron. No podía reprocharles que estuvieran nervioso, pero eso no estaba ayudando nada.

–Sé que están ustedes ansiosos por marcharse...

–¡El huracán no ha llegado aquí todavía! –gritó un hombre–. ¿Por qué no pueden despegar los aviones antes de que llegue?

–El aeropuerto está cerrado y el viento ha empezado a ganar fuerza.

–¿Quiere decir que estamos atrapados? –preguntó una mujer.

–No estamos atrapados, estamos retenidos durante algún tiempo. Pero están en el Fantasías, donde su confort es nuestra mayor preocupación –contestó Gabe–. Tenemos suministros y los empleados colocarán colchones aquí, en el restaurante. Y los chefs se encargarán de darnos de comer. Lo único que podemos hacer es sentarnos y esperar.

–¿Cuánto tiempo? –preguntó otro hombre al fondo de la sala.

–No lo sé, el tiempo que haga falta. Aún no se conoce la dirección del huracán. En este momento, podría seguir su curso hacia el Fantasías o alejarse...

–¿Y si llega aquí? –lo interrumpió otra mujer.

Gabe miró los rostros de la gente que lo rodeaba. Eran sus clientes. Habían ido a su casa buscando diversión y tranquilidad. Y ahora se veían obligados a enfrentarse con algo en lo que no querían ni pensar. Eran su responsabilidad. Dependía de él mantenerlos tranquilos, seguros y tan contentos como fuera posible.

–Si el huracán llega aquí, haremos lo que tengamos que hacer. El hotel es un sitio seguro y vamos a hacerlo más seguro aún.

–¿Cómo?

–Pondremos tablones en todas las ventanas –contestó Gabe.

El murmullo de descontento empezó a convertirse en un griterío.

No iba a ser fácil mantener la calma teniendo a más de cien personas encerradas en una sala y, cuando hubieran tapado las ventanas con tablones, sería aún más difícil.

Gabe estaba buscando una manera de hacer que aquello pareciese menos aterrador cuando alguien dio un paso adelante.

Atónito, solo podía mirar a Debbie levantar las dos manos y sonreír a todo el mundo. Parecía relajada y absolutamente segura de sí misma.

–Sé que todos están muy nerviosos, pero no tienen por qué estarlo –empezó a decir–. El Fantasías es un hotel seguro. El señor Vaughn y su equipo van a hacer todo lo posible para hacer más llevadera la situación.

–¿Y quién es usted? –preguntó alguien.

–Me llamo Debbie Harris y soy la propietaria de una agencia de viajes en California. Les aseguro que he estado en situaciones como ésta, y en circunstancias menos favorables, y sigo aquí para contarlo.

Mientras Gabe la miraba con interés, Deb siguió hablando:

–Yo voy a ayudar al señor Vaughn en todo lo posible –añadió, con una sonrisa que iluminó hasta el último rincón de su alma.

El grupo se había calmado desde que ella subió a la tarima. Tenía algo que llegaba a la gente.

Incluyéndole a él. Y la admiró por ello.

–Yo también soy una cliente del hotel, como ustedes. Ninguno de nosotros tenía intención de trabajar durante las vacaciones, pero yo he descubierto que estar ocupado en momentos de tensión ayuda mucho. Y, si todos ponemos nuestro granito de arena, esto pasará sin que nos demos cuenta.

Hubo algunos murmullos pero, en general, todos parecieron aceptar su palabra. Algunos incluso estaban sonriendo.

–Si alguno de ustedes quiere echar una mano colocando tablones en las ventanas, genial –siguió Debbie–. Y también podemos ayudar a colocar los colchones, preparar una cocina de campaña... ahí, en esa esquina. Necesitamos gente que ayude a servir, a colocar las sillas, hacer listas y muchas otras cosas.

Un minuto antes todos estaban nerviosos y ese nerviosismo podría haberse convertido en un motín. Pero la sonrisa de Debbie, su actitud profesional y su conocimiento de la naturaleza humana le había dado la vuelta a la situación.

–¿Qué les parece? ¿Están dispuestos a echar una mano?

La gente empezó a aplaudir, inseguros al principio, luego más animados, creando un eco en la sala. Y mientras los clientes la aplaudían, Gabe miró a Debbie y sintió que su corazón daba un vuelco.

Capítulo Doce

La tormenta golpeó el hotel durante todo el día y parte de la noche.

Debbie se convirtió en la directora del equipo de animadores, iniciando juegos, canciones y, en su desesperación, incluso asando nubes sobre la plancha del chef. Hacía todo lo que podía para mantener a los clientes relajados. Pero no se había sentado en todo el día.

Y Gabe y su equipo habían estado igualmente ocupados.

De manera eficiente, intentaban mantener a todo el mundo a salvo dentro del hotel. Las ventanas estaban tapadas con tablones de madera, los guardias de seguridad siempre a mano para evitar que alguien saliera del hotel y el propio Gabe parecía estar constantemente en movimiento.

Debbie lo observó moverse entre la gente, sonriendo, charlando como si aquel fuera otro fin de semana en el hotel Fantasías. Su aparente seguridad daba una sensación de bienestar a todo el mundo y Debbie lo admiró por ello.

Estaba en su elemento, desde luego. Aquel sitio, pensó entonces, era algo más que su reino, era su hogar.

Debbie siguió trabajando hasta que no podía tenerse en pie. Entonces miró alrededor, buscando un sitio en el que descansar un rato. Aunque sabía que no pegaría ojo en toda la noche con ese viento huracanado golpeando el hotel.

Tomando una taza de café, se la llevó a una esquina y se dejó caer en el suelo, apoyando la espalda en la pared.

Intentaba no escuchar la tormenta ni a las más de cien personas que llenaban la sala. Intentaba no dejar que sus propios miedos, que llevaba controlando todo el día, de repente tomasen vida propia.

–¿Te importa que te haga compañía?

Debbie levantó la mirada.

–No. Siéntate, Gabe.

–Ha sido un día muy largo –sonrió él.

–Sí, desde luego –asintió ella, ofreciéndole su taza.

–Gracias. Y no sólo por el café.

–De nada –murmuró Debbie–. Vaya, estamos siendo agradables el uno con el otro por segunda vez.

Gabe apoyó la espalda en la pared y estiró las piernas.

–Un récord, desde luego.

–Antes no era así. Hubo un tiempo en el que nos llevábamos muy bien.

–Hace mucho de eso.

En la relativa intimidad de ese rincón, Debbie se atrevió a decir en voz baja:

–No me hizo feliz decirte que no hace diez años, Gabe. Te quería muchísimo.

Él la miró, pero la luz quedaba a su espalda y no podía ver sus ojos. Y le gustaría porque siempre había podido leer en ellos sus pensamientos.

Cómo echaba eso de menos.

–Deberías haber tenido fe en mí –contestó, con voz cansada–. Fe en los dos.

–Es posible. Y también es posible que no –dijo ella, pensando en la chica que había sido. La chica que tenía miedo de querer demasiado, de no tener seguridad, de arriesgarse–. La verdad es que no lo sé. Pero ya que estamos siendo sinceros, ¿crees que habrías conseguido todo esto si hubiéramos seguido juntos?

–Qué curioso, otra persona me dijo lo mismo ayer.

–¿Y?

–No lo sé –contestó él–. Supongo que no lo sabré nunca. Estaba tan furioso contigo que... Yo te quería, Deb. Que me dejaras fue absolutamente desolador para mí.

–Gabe...

–Pero no volveré a quererte.

El corazón de Debbie se rompió en pedazos al oír esas palabras porque supo entonces que nunca tendrían una segunda oportunidad.

***

–Hemos tenido suerte –dijo Gabe al día siguiente, mientras observaba el devastado jardín del hotel–. Si el huracán no se hubiera desviado anoche estaríamos mucho peor.

–Sí, supongo que sí –asintió Debbie–. Pero ha quedado todo destrozado...

Parecía una zona de guerra. Había árboles tirados en el suelo, las ramas convertidas en astillas, las piscinas llenas de tierra y hojas, flores rotas por todas partes...

Pero, afortunadamente, no hubo ningún herido. Y ahora que la tormenta había pasado, era hora de volver a su vida normal.

–Lo limpiaremos en una semana pero, con un poco de suerte, el aeropuerto estará funcionando en un par de días. Así podrás volver a Long Beach.

–Sí, claro.

Gabe se volvió para mirarla. Después de sobrevivir a la tormenta los dos eran un poco más fuertes, un poco más seguros de sí mismos. Pero, a la vez, estaban más alejados que nunca. Y eso le dolía.

La había visto en acción y sabía que era una mujer asombrosa. Cuando las cosas se ponían difíciles, Debbie Harris sabía cómo solucionar cualquier problema. Tenerla a su lado había hecho que todo fuese más fácil. Lo había ayudado cuando más la necesitaba... y ahora que se marchaba él podía hacer lo mismo.

–Hay otra cosa, Deb.

–¿Qué?

–Me has ayudado durante la tormenta y te lo agradezco muchísimo. Cuando vuelvas a Long Beach quiero que redactes un contrato con el hotel Fantasías para ofrecer descuentos a través de tu agencia.

Ella dio un paso atrás, perpleja.

–¿Estás seguro? ¿Por qué ibas a hacer eso?

Porque no quería preocuparse por ella. Porque quería que sus sueños se hicieran realidad. Porque quizá Víctor tenía razón y él no podría haber triunfado en la vida sin el empujón que Debbie, inconscientemente, le había dado diez años antes.

–Es un buen negocio para los dos. Yo conseguiré clientes que podría no conseguir de otra manera y tú conseguirás un contrato que salvará tu negocio.

–Más que eso. Seré la única agente de viajes del país con un paquete de descuento para el hotel Fantasías... algo que quiere todo el mundo.

–Un buen negocio, ya te lo he dicho.

–Gabe...

Él apretó su mano, pero la soltó enseguida.

–Tengo que volver a trabajar. Puedes quedarte en la suite hasta que te marches. Yo dormiré en mi despacho.

Luego se alejó, dejándola entre las ruinas de lo que unos días antes había sido un sueño hecho realidad.

Y no se atrevió a mirar atrás.

–¿Que ha hecho qué? –exclamó Janine.

Apretando el móvil contra su oreja, Debbie volvió a contarle la oferta de Gabe.

–Pero eso es genial. Muy bien, ese chico empieza a caerme bien otra vez. Esto convertirá a tu agencia en la mejor de California...

–Lo sé –Debbie salió a la terraza. La suite estaba demasiado vacía sin Gabe. Debajo de ella, el campo de golf recibía a algunos valientes que se atrevían a hacer un par de hoyos a pesar de que las condiciones no eran óptimas.

Pero Gabe se encargaría de que, en el menor tiempo posible, el hotel Fantasías volviera a ser lo que había sido.

–Pues no parece que estés dando saltos de alegría –dijo su amiga.

–Debería hacerlo –asintió Debbie–. Es mucho más de lo que yo esperaba.

–Pero...

–Pero ya no me parece tan importante como lo hubiera sido hace unos días.

–¿Porque tienes seguridad, pero no tienes a Gabe?

–Algo así.

–Pues chica, ya era hora.

–¿De qué hablas?

–De que… Max, por favor, no ayudes a los señores de la mudanza que vas a romper una lámpara y… –Debbie oyó un estruendo de cristales rotos–. Déjalo, da igual, cariño –suspiró Janine.

–¿Qué lámpara ha sido?

–La que tenía una pantalla de Tiffany.

–Vaya, hombre

–Sí, en fin, Max es maravilloso, pero tiene las manos de mantequilla –rió su amiga–. Acaba de salir para dirigir a los de la mudanza, algo que seguro que ellos aprecian mucho, así que sigamos con lo nuestro.

–Ah, chupi.

–Querías saber a qué me refería, ¿no? Pues a que por fin te has dado cuenta de lo que pasa. Has conseguido el contrato de tus sueños, pero ya no te hace tanta ilusión.

–No, yo...

–Tienes seguridad, más que nunca, pero eso no vale de mucho sin amor.

–Janine…

–Te lo digo en serio.

–Eso lo dice alguien que nunca ha tenido que vivir en un coche –le recordó Debbie.

–Sí, sí, tienes razón. La seguridad es estupenda, pero la vida también lo es. Y el amor. La clase de amor que no te deja tirada, que no te abandona. La clase de amor con la que puedes contar en este mundo loco. Y creo que tú, por fin, te has dado cuenta.

Debbie asintió con la cabeza. ¿No había llegado ella a la misma conclusión en las últimas veinticuatro horas? ¿No había pensado que, aunque tuviera el contrato de sus sueños con el hotel Fantasías, sin el amor de Gabe nunca sería feliz de verdad?

¿Era todo así de fácil? ¿Así de simple?

–¿Sigues ahí?

–Sí, estoy aquí. Y estoy enamorada de Gabe.

–Ya.

–Pero él ha dicho que no me querrá nunca.

–¿Y tú crees que lo decía en serio? –preguntó Janine.

–No lo sé.

Ésa era la triste verdad: amaba a un hombre que no quería amarla, un hombre al que había perdido diez años atrás.

Dos días después, estaba en el aeropuerto. Seguía un poco alterado después del huracán, pero la pista estaba abierta y, según decían, no habría retrasos.

Debbie se volvió para mirar la carretera que llevaba al hotel Fantasías. Donde estaba Gabe. Le parecía como si hubieran pasado años desde que llegó allí, decidida a pasar las mejores vacaciones de su vida.

Ahora volvía a casa y todo era tan diferente...

Había encontrado a Gabe otra vez, su negocio se había arruinado y había vuelto a renacer de sus cenizas como el ave Fénix. Había sobrevivido a un huracán y había descubierto que seguía enamorada de Gabe.

Y ahora tenía que marcharse, aunque no quería hacerlo. Pero estaba tan atrapada como cuando él la retuvo en la isla.

Ni siquiera se habían despedido. ¿Para qué? Ya se lo habían dicho todo.

Entonces anunciaron la salida de su vuelo por el altavoz y Debbie escuchó, con el corazón pesado. Se había quedado sin razones para permanecer en la isla y, apartando la mirada de la carretera que la llevaría de vuelta a Gabe, se dirigió a la puerta de embarque.

Media hora después los motores del pequeño avión empezaban a rugir. Iría a Bermudas y, desde allí, tomaría un avión hasta Los Ángeles. Y, una vez en casa, intentaría olvidar a Gabe.

Otra vez.

–Les pedimos disculpas, señoras y señores –oyó entonces la voz de la azafata–. Lamentablemente, habrá un ligero retraso en el despegue...

–¿Qué pasa ahora? –preguntó alguien, enfadado.

–Estamos esperando a un pasajero –contestó la azafata–. Pero sólo tardaremos cinco minutos más en despegar. Le ruego que sea paciente.

A Debbie le daba igual. Miraba por la ventanilla del avión, intentando no pensar en lo que dejaba atrás…

–¡Debbie!

Ella volvió la cabeza, sorprendida. Gabe acababa de subir al avión y la buscaba frenéticamente entre los pasajeros. Todo el mundo observaba la escena sin perder detalle.

–¿Qué estás haciendo aquí, Gabe?

–Tienes que bajar del avión.

–No, de eso nada –contestó ella, dándole un manotazo cuando intentó tomarla del brazo.

–Tienes que venir conmigo.

–¡Estate quieto! –gritó Debbie cuando Gabe intentó desabrochar el cinturón de seguridad–. ¿Qué estás haciendo? ¿Te has vuelto loco?

–¿Necesita ayuda, señorita? –preguntó uno de los pasajeros.

Gabe lanzó sobre él una mirada asesina.

–Usted no se meta en esto.

–Gabe… –empezó a decir ella, con el corazón acelerado–. No puedes obligarme a bajar del avión. Además, ¿no nos hemos dicho ya suficiente?

Los demás pasajeros contuvieron el aliento. Pero Debbie sólo podía mirar a Gabe, preguntándose por qué montaba una escena de despedida que sólo podía causarles más dolor.

–No quiero dejarte ir.

–Pero…

–No –la interrumpió él–. Pensé que podía hacerlo, pero no puedo. No puedo vivir sin ti. Creí que eso era lo que quería, pero los últimos días han sido un infierno. Y saber que estabas en el avión, a punto de alejarte de mi vida... no he podido soportarlo.

Una pasajera suspiró.

–Gabe...

–No –volvió a interrumpirla él, nervioso–. Escúchame un minuto, por favor. A lo mejor hiciste bien en dejarme hace diez años, no lo sé. Quizá no estábamos preparados. Pero creo que ahora sí lo estamos, Debbie.

–¿Sí?

–Claro que sí. Tú me quieres y yo te quiero a ti.

Ella parpadeó, sorprendida.

–¿Me quieres?

–Tú sabes que te quiero, Deb –dio él tomando su cara entre las manos–. Siempre lo has sabido. ¿Por qué si no iba a secuestrarte?

–Secuestrar a alguien no es la mejor manera de decirle que le quieres –le recordó ella.

–Sí, tienes razón. No sé por qué lo hice. Me volví loco cuando te vi en la isla y... tienes que perdonarme. Pero hace diez años te hice una pregunta...

–Sí –lo interrumpió Debbie. Ahora estaba preparada para él. Estaba preparada para la vida que podían tener juntos y quería darle la respuesta que él había esperado diez años antes.

–Baja del avión y cásate conmigo, cariño.

–¿Perdona? –no era exactamente la clase de proposición que ella había esperado, pero cuando lo miró a los ojos supo que era la más adecuada. Aunque no pensaba decírselo.

–Vamos a casarnos –sonrió Gabe–. Hoy mismo. Ahora.

Alguien empezó a aplaudir y, un segundo después, los demás se unieron al coro.

–Al menos deja que saque mis maletas del avión.

Gabe la levantó del asiento y, cuando inclinó la cabeza para besarla, Debbie sintió que una inmensa felicidad estallaba en su interior.

–Confía en mí si te digo que no vas a necesitar ropa.

Creyó oír risas y aplausos, pero no podría jurarlo porque cuando Gabe la tomó en brazos para sacarla del avión todo lo demás dejó de tener importancia.

–Denle sus nombres y direcciones a la azafata –dijo él, sin perder la sonrisa–. Como disculpa por el retraso y para celebrar mi matrimonio con la señorita Debbie Harris, están todos invitados a pasar una semana en el hotel Fantasías. Invita la casa.

Mientras los aplausos se volvían atronadores, Debbie se despidió de todo el mundo con la mano, como una princesa. Gabe y ella iban a empezar una nueva vida juntos.

Una vida en la que harían que cada día fuese una fantasía.